JARETSUITEKURU
TOSHISHITA NA ONNANOKOTACHI,
OREHENO SUKI GA BAREBARE.
陸奥こはる
ILLUST. セイル
じゃれついてくる
年下な女の子たち、
俺への好きがバレバレ。

佐《さ》古《こ》代《だい》吉《きち》
花《はな》曇《ぐも》桜《さ》咲《き》

山茶花《さざんか》椿《つばき》
エレノア・スチュワート
幸子《さちこ》・スチュワート

「やだぁ……！
子どもっぽい下着なの見ないでっ……！」

動物園の噴水で

喫茶店で
「きー君、ストローちうちうしよっ！」

「……ありがと
大事にする」
ゲームセンターで

文化祭で
「代ちゃん先輩っ！
ど、どうかな……？」

じゃれついてくる年下な女の子たち、俺への好きがバレバレ。

陸奥こはる

ファンタジア文庫

3477

口絵・本文イラスト　セイル

JYARETUITEKURU
TOSISITA NA ONNNANOKOTATI,
OREHENO SUKI GA BAREBARE.

CONTENTS

プロローグ

高等部二学年の佐古代吉《さこだいきち》は、影も存在感も薄く、学校では目立たない男子生徒である。いわゆる〝ぼっち〟というやつだ。

ただ、その一方で、とある事情にて学校の雑事を依頼という形で引き受けていたり、なんだかんだと忙しい毎日を送っていたりもする男の子だった。

そんな代吉は、今日もまた放課後になって依頼の一つをこなし終えると、こそこそと一年生の教室がある階へと赴いて物陰に隠れ、ひょこりと顔を出して廊下の先を見つめた。

代吉の視線の先にいたのは――一学年の女子生徒、花曇桜咲《はなぐもさき》だ。こうして桜咲の様子を窺《うかが》うのは、代吉にとって個人的に大事なことであった。


――それで、思わず笑っちゃったんだよね。

――それは確かに笑っちゃうね。

――でしょ？　……ん？　代ちゃん先輩？　また来てる？

桜咲が代吉の視線に気づき、こちらを向いた。代吉は慌てて顔を引っ込めた。見つかっては意味がない、と常々思ってはいるし、ちらっと見てすぐに去るようにしているのだが、女の子という生き物は気配や視線には敏感であるようで……。

代吉が桜咲に見つかるのは今回に限った話でもなく、度々バレてしまっていた。

(どうしていつも見つかってしまうんだ？)

今では〝代ちゃん先輩〟等という風にまで呼ばれ、隙があれば絡《から》まれるようにもなってしまっている現状に、代吉はため息の一つも出そうになった。

そして、今日もまた、にやにやと笑う桜咲が代吉の前にやってきた。

「代ちゃん先輩どうしたの？　あ、そっか一人じゃ帰れない感じかな？　つまり……赤《エ》ちゃんかな？　一緒に帰るぅ？　おてて繋《つな》ぐ？」

「一緒に帰るつもりはないっ……おててを繋ぐ気もない……とにかく、元気そうで何よりだ。じゃあな」

「あ、逃げた！　待って……速っ！」

代吉は今まで、桜咲に見つかる度に逃げ続けてきた。そのお陰で、逃げ足だけは速くなっており、あっという間に桜咲を振り切った。

代吉は桜咲の声が聞こえなくなったところで、一度振り返った。すると、桜咲の姿はもう見えなくなっていた。

今日も逃げきれた、と代吉は安堵《あんど》しつつ、もう帰ろうと思い昇降口へと向かった。だが、そんな代吉の目の前に、今度は見知った顔の中等部の女の子が立ち塞がった。

山茶花《さざんか》椿《つばき》。

代吉の従妹《いとこ》である。

中等部と高等部は棟が離れているので偶然出会うことはなく、つまるところ、椿は代吉に会いにきたのだ。しかも、友だちも引き連れてきたらしく、その背後には中等部の女の子が五人いた。

椿は代吉を指差すと、

「これが高等部にいるうちの従兄《いとこ》！　よわよわのザコだから皆で連れ回すべし！」

椿も年頃の女の子ゆえか、桜咲同様になんとも生意気な女の子だが……要するに、代吉で遊びたいようだ。

しかし、代吉も年下の女の子たちに交じって楽しめるような性格ではなく、桜咲の時と同様に逃げることにした。

「ザコが逃げた！　追いかけろ～！」

「おっけー」

きゃっきゃしながら椿とその友人たちが追いかけてくる。だが、鍛えられた代吉の逃げ足の速さに追いつくことはなかった。

椿の「待て〜」という制止の声を置き去りにし、代吉は校門を抜ける。と、その時だ。鞄《かばん》の中のスマホがチャットの通知音を発した。

「……エレノアさんか」

送り主は英語教師のエレノアで、文面は『今日の幸子《さちこ》の迎え、よろしくお願いです』であった。エレノアとは、色々と事情があって代吉も親密な仲であったこともあり、娘の幸子の迎えをこうして頼まれることが多くあった。

住んでいる場所も、同じマンションどころか部屋が隣同士でもある。

代吉はすっすと指を動かし、『わかりました』と返事を出してから、寄り道せず幸子の通う小学校近くの学童保育へ向かった。

学童保育では、幸子が友だちの女の子と一緒に遊んでいた。代吉が声をかけると、幸子は友だちに別れを告げ、自分の通学鞄を抱えて小走りでやってきた。

「だいきちー！　今日はママじゃないのか……」

「今日はママじゃなくて俺だ。ほら、帰るぞ」

「そーいえば、今日は『いけいけマチちゃん』の配信日だ」

「帰ったら一緒に見ような。無料なの配信日だけだから、見逃すと課金しなきゃならなくなるしな。エレノアさんが課金は絶対許さないもんな」

「だいきちがこっそり課金してくれてもいーのだぞ？」

「状況次第だな」

代吉の年齢を考えれば、過ごす毎日は、騒がしくはあっても決して楽しいとは言えないものである。彼女がいるわけではないし、年下の女の子たちからは好き勝手なことを言われるし、友だちだっていないのだ。

そのくせ、やるべきことはあったりする。

だが、代吉はこうした現状を疎《うと》んだりはしていなかった。その理由は色々だが、突き詰めて言うのであれば代吉がそういう人間だからだ。

第一章

1

長引いた残暑も過ぎ去り、学校の中庭の木々から聞こえてくる蟬《せみ》の鳴き声も消えてしまった十月も初旬。

代吉は、今日も今日とて学校からの頼まれ事をこなす為《ため》に、放課後を迎えてすぐに職員室へと向かった。

「きましたね～」

窓際《まどぎわ》にある自らのデスクで書類の確認をしていたエレノアが代吉に気づき、ニコニコ笑いながら手招きをしてくる。代吉は周囲の教職員に会釈《えしゃく》をしながら、エレノアの傍《そば》に寄った。

「今日の依頼は……時期的に清掃の時の設備点検要望のやつですか？」

「そのとーりです。これお願いしますね」

エレノアから渡されたタブレット端末の画面には、『設備会社へ送付する校内の点検箇所リスト』と書かれていた。

本来は学校側がすべきこうした雑事を逐一代替している代吉だが、これは無償の奉仕活動というわけではなく、きちんと対価を貰《もら》っている。

ただ、対価は金銭ではなく、学校側へのとあるお願いだったりする。

「さて……」

代吉はタッチペンがきちんと反応するか確認しつつ、校内各所の設備を見て回り、おかしなところがないか目視で確認していった。


代吉の通う学校は……明治の頃からの由緒《ゆいしょ》を持ち、そしてかなり特殊でもあった。有名企業の創業者一族や元華族、高級官僚、上場企業や大手団体の役員等《など》の子息たちが通う中高一貫の私立校で、いわゆる上流階級の為の学び舎《まなや》だった。

普通の家庭の子の入学は、勉学、あるいは芸術といった分野で特異な才覚や実績を持った学費免除の特待生に限定されている。比率的には、八割が上流階級の子息で、残り二割が一般家庭出身の特待生だ。

そうした趣は明治の頃から変わらずに紡《つむ》がれており、そして、歴史と地続きとなっているのは生徒の背景のみならずにその制服、主に冬服がそうである。

中等部も高等部も、どちらも明治の頃にデザインした制服を変えずにいて、女生徒のものは和装と洋装を折衷したような当時の近代化の波を感じさせるもので、男子もその頃の詰襟のまま百年以上も同じである。

色は中等部が白系、高等部は黒系だ。学年判別の為の女子生徒のリボンの色、男子生徒の襟の線の色は共通で、一学年は天色《あま》、二学年は菖蒲《しょうぶ》色、三学年は緋色《ひ》。

例えば代吉《だいきち》は高等部の二学年であるので、制服の色は黒系で、襟の線が菖蒲色。椿は中等部の三学年であるので、白系の制服に緋色のリボン、といった具合だ。

まぁこれはあくまで冬用の制服の話であり、夏用は昨今例年と言っていい猛暑等に合わせて涼し気なように、と変遷を重ねて意外と普通だったりもするのだが。

「さて、点検が必要そうなところは……今回は特にないな……前回は運動部用の大浴場の温水の出が悪かったのを報告したが、そこは直ってたし……」

大方の設備の目視確認を終え、「要点検箇所、特になし」と記入した代吉は、職員室へと戻るべく踵《きびす》を返した。

すると、最後に見た設備が二学年の教室近くであったこともあって、代吉はクラスメイトの男女混合グループとすれ違った。

そして、すれ違いざまに、その中の一人が代吉に気づいて話題に出した。

——あ、今のザコ君だ。同じクラスの。

——ザコ？　あー……ホントだ。影うっすいからわからんかった……。

——ザコくん影は薄いけど、でも教職員の手伝いを率先してやってるの見る時あるし、優しい男の子なんだな～っては思うけどね。あと、泣きボクロが若干色気ある。

——泣きボクロって、そんなトコよう見てるな……にしても、教師のこと手伝ってるのって何か理由とかあんのかね？

——ザコくんって、もしかして佐古《さこ》くんのこと？　佐古くんの家系は最近名前を見なくなってるけど、それでも旧華族だし、大手企業の役員の子息の君らより上だよ？　お金で家柄を手に入れるのは無理なんだからね。

——てか、友だちでもないんだから、気にする必要もなくない？

廊下は話し声がよく響くものだ。クラスメイトたちの会話も、代吉の耳にしっかりと入ってきていた。

（椿もそうだが、俺のことをザコと呼ぶのが流行《はや》りなのか？　どいつもこいつも本当に好き勝手言ってくれてるな……まぁどう言われようがどうでもいいが……）

あまり気分はよくなかったが、ただ、代吉は自分の影が薄い自覚もあったのでいちいち気にしなかった。

自分はそうした存在、というだけだ。

というわけで、代吉は職員室へと戻り、エレノアにタブレット端末を返して依頼を終えた。ついでに、今日の幸子の迎えの有無について尋ねると、そろそろ自分も帰れそうだから大丈夫、との返答を貰った。

今日はもう自由だ。

であるならば、と代吉は桜咲《さき》の様子を窺《うかが》おうかとも思うが……最近は特に桜咲から発見されやすくなっていることが気になり、どうにも躊躇《ちゅうちょ》した。

代吉は桜咲と仲良くなりたい気持ちは特になくて、あくまで、諸々《もろもろ》の事情ゆえに様子を窺って見守っているに過ぎなかったりする。

「今日はこのまま帰るか……」

代吉はそう決めると、後頭部をぽりぽりと掻《か》きながら教室へと戻る。だが、その途中で、なんだか聞き覚えのある女子生徒の声が聞こえて思わず振り返った。

代吉の視界に入ってきたのは、友人たちと談笑をしながら歩いてくる桜咲だった。

「やばい、逃げ──るのはちょっと無理そうだな」

曲がり角や階段までは距離があり、走ってそこまで向かえば見つかってしまうのが必然であったことから、代吉は逃げるのではなく、すぐ傍の窪《くぼ》んでいるスペースに潜り込み、体育座りで身を縮めて隠れることにした。

(危なかった)

と、代吉が安堵《あんど》したのも束《つか》の間。桜咲とその友人たちは話が少し盛り上がって足が止まったらしく、あろうことか、その場所が代吉が隠れている窪みの近くだった。

(話に夢中になって歩くのをやめないでくれ……いや確かにどこで立ち止まろうが個人の自由ではあるんだが、せめてもう少し離れた場所で……)

──桜咲はさ、自分の様子をちょくちょく見にきてくれるあの先輩のこと、どう思ってるの？　ちゃん付けで呼んでるくらいだし、嫌いではないんだと思うけど。

──よき殿方ではございましょう。

──からかうのは皆の目があるからで……代ちゃん先輩はいい人だなとは思う。下心とかじゃない純粋な優しい好意を向けられてる気がするというか。

──あの先輩どう見ても特待生じゃないし、どんな人なんだろって二年の別の先輩に聞いたことあるけど、なんか、没落した元華族とかなんとかって聞いた。まぁうちの学校だと目立たない人だけど、旧華族ってことは成金《なりきん》とかじゃなくて家柄も由緒あるわけだし、あと涼し気な目元が少しカッコよくない？

——カッコよくなんてないよ！　それは目の錯覚！　どの女の子から見てもカッコよくなんてないよ。だから見たら駄目だよ。家柄だってどうせ大したことないよ。

——お、下げて周りの評価を落とそうとする感じ……宝物を隠す的な行動かな？　そんな風に独占欲が自然と出るってことは、桜咲もあの先輩のこと好き好きになってんだね……桜咲は特待生で普通の家の出だけど可愛《かわい》いし、ほら、おっぺぇも〝ドン！〟って感じで大きいから、誘惑してもっと玉《たま》の輿《こし》狙えるんじゃないかって気もするけど……？

——そういうのはヤだ。

——はいはい、だからああいう優しく見守ってくれる系男子がいい、ってことね。サッキーの好みもまぁまぁ狭いな。ドンピシャのあの先輩いてよかったじゃん。

代吉のクラスメイトたち同様、桜咲の周囲もなんだか好き勝手な憶測を語っている。会話の要点をまとめると、一学年の女生徒を見初めた二学年の元華族の男子生徒……と、そういう風に彼女たちの目には代吉が映っているようだ。

だが、それも致し方ない、と代吉は思う。自分が桜咲の様子をちょくちょく窺っていたのも事実であって、事情を知らない者にその行動がどのように見えるかと言えば……というわけだ。

もっとよいやり方を考えられない自分を恨めしく思いつつも、性格的に校内で目立つのも本意ではない代吉は、今後は桜咲を見に行く頻度をさらに控えようと思った。

（まぁ、桜咲が元気なら、それでいいんだ。この学校できちんとやっていけている、ということは十分に俺もわかったしな）

代吉は膝を抱えて丸まり、桜咲たちがいなくなるのを待った。しかし、どうやら隠れ方が甘かったようで、少し体が見えてしまっていたらしく桜咲の友だちが代吉に気づいた。

――あれは……桜咲の大好きな代ちゃん先輩じゃん。

――えっ!?　あっ、本当だ。

――サッキーと二人きりにしてあげようではないか。『代ちゃん先輩～♥』って甘えに行け。

――代ちゃん先輩って呼び方、私がつけたから私だけが使っていいのに……。使わないでよ。

——桜咲さん、ワタクシは他の方々と違い、純粋に応援してございますよ。

——……ありがとう。

——ほらほら、じゃーね。

——押さないで！


一人で悶々《もんもん》と色々思考していた代吉は、友だちに背中を押された桜咲の足音で、ようやく状況に気づいた。

「や、やばい……！」

代吉は立ち上がって逃げようとするが、既に遅かった。窪みという場所がいけなかった。背後と左右は壁であり、つまり眼前にしか逃げ道はないが、そこには頬を赤らめた桜咲が立っているのだ。

こうなっては逃げられない、ということを悟った代吉は、とりあえず、脱出の機会をどうにかして作るべく桜咲に話しかけた。

「ぐ、偶然だな」

「ほんとに？　代ちゃん先輩は赤《エケ》ちゃんだから、私の傍《そば》にいたかったとかじゃないのお？」

「俺は職員室から出てきたばっかりだったんだ」

「じゃあなんで隠れてたの？　おかしくない？」

「それは、お前を見つけたから……」

「なんで代ちゃん先輩は私のことを見つけると隠れるの？　私に何か伝えたいこと……あるんじゃないの？」

　桜咲の気持ちというものを、代吉は知っていた。良い意味で自分のことを異性として見てくれているのだ、と。代吉が告白してしまえば、いつものようにからかいつつも了承するという確信を持てるほどに、それは露骨だった。

　代吉はそうした関係になることを求めてはいないのだが、人間関係というのは相手があることだ。代吉の考えがどうであれ、桜咲次第で何もかもが変わる。

　今まさに桜咲は代吉の制服の袖を摑《つか》んでいる。それは、代吉の描く理想の関係性と、桜咲の描くそれとが異なっていることを示していた。

「特に伝えたいことはないが……それより、どうして袖を摑んだ？」

　代吉は本心を隠したまま、どうにかして逃げようとする。だが、桜咲は袖を摑む力を強めてくる。

「え？　だって、摑まないとすぐ逃げちゃうじゃん」

「放してくれと言ったら？」

「赤《エケ》ちゃんは見張ってないと危ないから、だめ」

「ええ……」

「いつもずっと私のこと見てばっかで、なんなの？　普通に話しかけてくればいいじゃん」

桜咲のこの行動には代吉《だいきち》も困ったし、年下から赤ちゃん扱いされるのはむず痒《がゆ》い気持ちになった。それに、気持ちが自分に向いている、というのも形容しがたい申し訳なさのようなものを感じていた。

こういう時は、あるいは思い切って突き放す態度を取るのも手だが……しかし、そういったこともできないのが代吉である。

そのような行動を簡単に取れるのであれば、こうなる前に、桜咲との距離も上手に調整して解決していたのだし、日々逃げ惑うこともないのだ。

代吉は結局のところ、これは自分の責任である、ということを理解して、逃亡は諦めて〝今回だけ〟と自らを納得させた。

だが、

「……わかった。それで、どこに行くんだ？　放してくれないのなら、付き合うしかないからな」

代吉のそうした返答が、桜咲《さき》にとっては予想外だったらしく、ぱちぱちと幾度も瞬《まばた》きを繰り返して驚いていた。いつも話しかける度に逃げていた代吉が歩み寄ったことに、びっくりしているようだった。

もっともそれは、自分自身が代吉の逃亡を阻止した、という点が桜咲の頭の中からは抜け落ちていることも意味しているが……まぁその、代吉も桜咲が普通の家庭出身の高等部からの特待生入学組であり、勉学で秀《ひい》でた成績を残した子である、ということを知っていたりするので、勉強漬けの日々を送っていた反動で異性に慣れておらず、つまり恋愛経験がない子だからそうなる、というのは理解できていた。

桜咲とて無邪気に遊ぶ時もたまにはあったのだろうが、それも成績に影響が出ない範囲に留《とど》めたうえで、同性とだけ絡《から》んでいたのも今の姿を見ればよくわかることだった。

しかし、そこまではわかっても、そこから先、要するに桜咲のような女の子への接し方については代吉もわからないのだった。

「代ちゃん先輩……一緒におでかけしてくれるの？」

「そうしないと放してくれなそうだからな」

「そ、そっか。じゃあ、行こうと思ってたところあるから、一緒に……」

「わかった。どこだ」

「えと、１００円ショップ」

桜咲が１００円ショップにどのような用事があるのかは定かではないが、代吉は桜咲との初めてのおでかけをすることになってしまった。

ちなみに、代吉は気づいていた。桜咲の友人たちがこっそりとこちらを眺め、こそこそと何か話していることに。


――あーあ、桜咲と遊ぶ時間これから減りそう。

――貴重な市井《しせい》の感性や情報源として重宝してたけど、まぁだいちゅきな人ができたらこっちと遊ぶ心の余裕も時間のやりくりも難しくなるでしょ、特に桜咲は成績落とせないしね。

――学外での遊びに呼ぶのも月に一度、という風になるかも。残念。サッキーと遊ぶ時はお金をかけずどうするか、という前提があるから、それがなんだかんだと楽しかったけども。

――実際あの先輩と付き合い始めたら月イチすら無理では、とは思う。桜咲って一度好きになったらどっぷりハマるタイプに見える。

――なんかわかる。好きになった人に対してだけ、どちゃくそエロくなるタイプの女だわ。あれは。

――淑女である本質を忘れ、皆さま随分と下品な物言いなことで。階級、立場の差を超えた素晴らしき愛を桜咲さんは手に入れるやも、という視点での応援をしているのは、ワタクシだけでございまして？

一体何を話されているのか……代吉にはよくはわからなかったが、おでかけにまでついてくる様子はなかったことから、変に気にする必要もないと見なかったことにした。

代吉は名前も知らない後輩の女の子の会話に割って入れるような性格ではなく、また本人もその自覚があったので、気にしても答えなど知る術《すべ》がなく疲れるだけだ、という判断を下したのだった。

2

100円ショップに着くまでの間、代吉と桜咲はぎこちない距離感だった。原因は代吉で、桜咲から話を振られても、上の空で気のない返事ばかりをするものだから、無言の時間も時折訪れて気まずくなっていたのだ。

だが、１００円ショップに着いてから、この空気感は少し緩和されることになる。桜咲もこのままではいけないと思ったのか、下唇を噛《か》んでもどかしそうにしながらも、店内に入ると「こっちこっち」と代吉の袖を摑んだ。

桜咲が代吉を連行した先は、化粧品売り場だった。思っていたよりもスペースが広く商品も多そうなその売り場に、代吉は少し驚いた。普段は質素に生活しているので、代吉はわりと１００円ショップを利用しているのだが、購入物は日用品が主で化粧品など気にしたことがなかったので、こんなに沢山あるとは知らなかったのだ。

「色々あるんだな。俺も必要な時にはこういうとこくるが、化粧品のところは見ないから知らなかった」

「意外とくるんだ？」

「お金持ちじゃないからな」

「……ふぅん」

桜咲の目が細まる。桜咲からはなにかこう、代吉の普段の生活を探ろうとしている雰囲気というか、そういうものが漂っていた。

「こういうとこで、どんなものを買ってるの？」

聞かれたことを下手に隠しても面倒になるような気が代吉にはしたので、素直に答えることにした。

「コロコロの替えとか。二つ入って百円とかのもあるんだ」

「他には？」

「ウェットティッシュとかだな。トイレットペーパーみたいなのはドラッグストアの方がどう見ても安かったり欲しいのもあったりするから、そっちに行くが……飲み物なんかはスーパーの特売の時にまとめ買いだ」

「思ってたより普通……っていうか、まとめ買い？　お父さんとかお母さんが忙しくしてるとか？　そういえば、ちょっと友だちに聞いたけど、代ちゃん先輩のおうちって、ほら、その……もともと華族だったとかなんとかって。だから、そういう、色々な集まりに呼ばれてるとか、そういうので忙しいとか？」

「…………」

「どうしたの？」

聞かれたことには素直に答える――代吉がそうすると決めて早々に、なんとも答え辛《づら》い問いを桜咲は投げてきた。

代吉は五年ほど前に両親を事故で亡《な》くしていた。祖父母についても、それより遡ること一年前と三年前にそれぞれ病気で他界している。

その他の親戚で存命の者は伯父のみ……つまり、椿《つばき》の父親のみであるが、頼ることもできない複雑な状況もあった。

自分の境遇が一般的に見れば重いことを、代吉も理解はしていた。世の中を探せば、似たような背景を持つ人間もいるにはいるのだろうが、間違いなく少数派だ。

いきなりそんな重い話を聞かせられて簡単に流せる人間もそうはいないし、それに、万が一にもその時のことを深掘りされるのも代吉は避けたかった。

「代ちゃん先輩?」

「すまない。少し考え事をしてた」

「もー、女の子と話をしている時は、その子のこと以外を考えたら駄目なんだからね」

「悪かった。その……両親は家にいないんだ。すぐには会えないところにいる」

「え?　そうなの?」

「………」

「もしかして、海外とか?」

「そうだな。少なくとも、日本にはいない。だからマンションで一人暮らしだ」

一人暮らし、という言葉に桜咲が目を輝かせる一方で、代吉は事実を伏せたことに罪悪感を抱いた。

もっとも、今の自分の心情を悟られては何の為《ため》に嘘《うそ》をついたのかわからなくなるので、本当は苦しい顔をしたいのを堪《こら》えて、代吉は無理やりに優しく微笑《ほほえ》んで誤魔化した。

すると、人間とは不思議なもので、咄嗟《とっさ》に張りつけた偽りの笑顔に釣られるようにして、代吉の罪悪感はなぜか少しだけ薄らいだ。

「わわっ、一人暮らしすごい！　憧れる……！　でも、そっかぁ……代ちゃん先輩一人暮らしなのかぁ……」

「珍しいといえば、珍しいのかもな。うちの学校の生徒なら、もっときちんとしている家だと一人にせず、お手伝いさんのような人を雇ったりもしているんだろうけどな」

「うちの学校に入ってからできた友だちにいた！　お手伝いさんいる広いお家に住んでる子！」

「そうだな。とにかく、俺はそういうのがない。生活自体は普通だ」

普通の生活をしている、という言葉自体に嘘はないが、一方で代吉は両親が残した遺産を少なからず持っていたりもする。

もちろん、未成年ということで管理は後見人に権利があるのだが、ただ、代吉はある程度の信頼を貰《もら》えていることもあり、自由に使えてはいた。

それでもなるべく質素な生活をしているのは、好きなように使って遊ぶのが、亡くなった親に対して悪い気がしたからだ。

「まぁ、俺の生活については、そんなに詳しく知ってもあまり面白くない」

「そんなことないよ。私は興味あるな〜」

「興味を持たなくていい。……ところで、こうやってずっと店内にいても、店や他の客の邪魔になるかもしれないから、早めに会計を済ませた方がいい」

ぐいぐいと桜咲から向けられる好意の荒波を上手《うま》く躱《かわ》しながら、代吉《だいきち》は桜咲に商品の会計を勧める。桜咲は「別に大丈夫じゃない？」と言いたげな視線を送ってくるが、すぐに何かを閃《ひらめ》いたのかハッとして、

「そっか、そうだね」

「物分かりがよくなったな。いいことだ」

「元から物分かりはいいけどね？　立ったままお話しするのも疲れるのはそうだよね、って思っただけ」

「なんだっていい。早く買い物を終わらせて――」

――あとは解散お互い家に帰ろう、と代吉は続けようとするが、それを言わせないかのように桜咲が言葉を被《かぶ》せて次なる提案を出してきた。

「──お洒落《しゃれ》なお店で何か飲もうね。そういうとこなら、ゆっくりお話しできるからね」

桜咲《さき》の力強さに代吉は言葉を失い、口を半開きにしたまま固まった。そんな代吉を見て、桜咲は頰に特大の熱を点《とも》らせ顔を真っ赤にしながら横を向いた。

「代ちゃん先輩は赤《エ》ちゃ《ケ》んだから、私がお世話してあげないとね」

「…………」

「ばぶばぶ代ちゃん先輩」

「…………」

「どうちたのかなぁ？」

「いや……」

桜咲の生意気なからかいに、代吉は思わずムッとするが、その一方で、その仕草に妙な魅力を一瞬だが感じてもいた。

桜咲は制服の上からでもわかるくらいに胸の肉付きがよく、そこだけを見れば俗的に言って大人の女性に見える。

だが、そうした半面身長が他の子よりいくらか低く、加えて大きなその瞳が、なんとも複雑な相乗効果をもたらして年齢以上の幼さを醸《かも》しだしてもいる。

大人の体を持った子どもにからかわれているような、そうした感覚を桜咲は男の子に与えやすく、本人に自覚はないのだろうが、それはいわゆる魔性であった。

悪意があるわけではない生意気さ、というのも表情や話し方から理解させられるので、線引きを常に意識する代吉ですらドキリとしてしまう時があるのだ。

そして、そうした桜咲の魔性の根源にあるものは、男女の距離感を知らないという点に起因しているのも明白で、無垢《むく》な女の子、というのが誰の目にも明らかだからこそ——実は代吉が知らないだけで、学年問わずに桜咲の魅力に当てられ、狙っている男子が多かったりもする。

ただ、桜咲が特待生であるという点、つまり普通の家の出身、ということで仮に交際までこぎつけたとして、親族からの了解を得られるのか、と悩む男子も多く、すぐには近づけないとして手つかずとなっている。

桜咲の友人たちが妙に代吉を気にしているのも、なんだかんだ二人の仲を推そうとする素振りを見せるのも、そういった状況を目ざとく把握して知っているから、というのもある……のかもしれなかった。

学校の男子生徒の多くが越えられない壁、それを不器用にも乗り越えてきた勇気ある先輩、という風に代吉を見ているような、そうした見方もできるのだ。

だが、そういう風に自分が見られているかも、ということに、代吉は気づかずにいる。

自分が他者からどう見えているのか、というのに疎《うと》いからである。

だからこそ、桜咲の目に自分がどう映っているのかも最初は気づけなかった。

まぁ代吉の本音、境遇、そしてなによりも未《いま》だ秘したままの桜咲を慮《おもんぱか》る理由を考慮するならば、それも致し方ない面もあるのだが……。

「それじゃあ出発～！」

「……やれやれ」

桜咲の強引さに負けて、代吉は今しばらく一緒の時間を過ごすことになったのだった。

3

桜咲が選んだお洒落な軽食店で、代吉はいつになったら桜咲は飽きるのだろうか、等《など》ということを考えながら他愛もない会話を重ねていた。

目の前にある白桃フレーバーのフラッペを掬《すく》って代吉が口に含むと、薄いようでいてしっかりと清涼感のあるスッキリした甘さが広がった。

これは夏限定のフラッペだそうで、季節も秋に移っていることから明日にはメニューから消えるらしく、食べ納めをしたいと桜咲が強引に二人分を頼んでしまったものだが……

意外と自分の舌に合う味だ、と代吉も満更ではなかった。

ただ、それを表情に出すのも子どもっぽくはあることから、代吉は顔には出さず〝無〟の表情を作っていた。

「おいしい？」

「普通」

「お、大人の舌じゃないとわからないかもね！　代ちゃん先輩は赤《エ》ちゃんだから無理だよね！」

「いや、普通においしいがという意味での〝普通〟だが」

「あーいえばこーいう……駄々をこねて騒ぐ……赤《エ》ちゃんの特徴だ」

「ああいえばこういう、は赤ちゃんには無理だろう。声を出すことはできても考えて屁理《へり》屈《くつ》こねて喋《しゃべ》るわけじゃない。そもそも、乳幼児は駄々をこねたくて騒いでいるわけではなく、自分の状態を伝える方法がそれしかないだけだと思うが」

代吉が淡々と指摘すると、桜咲はそうした反応をされたことが面白くなかったのか、不機嫌そうにぶすっとなった。

「そりゃそうだろうけど、そういう意味じゃないんだけどなぁ……」

「そうか。知っているならいいんだ。ところで、学校での勉強はどうだ？　きちんとこなせているとは思うが」

「そういう話題の出し方、お父さんかな？」

「大事なことだ」

「ちゃんとできてますぅ。特待生で入ったんだもん。成績落ちたら学費免除なくなるしね。学年一位は別の子だけど、前回の期末では二位だったし」

「ならよかった」

「代ちゃん先輩の方こそどうなんですかぁ？　頭よさそうに見えないけど。ふふっ」

桜咲は一矢報《いっし》いたかったのか、代吉の頭が悪いという風にしたがってきた。先に答えを言ってしまえば、確かに代吉は別に頭がいいわけではないが、かといって悪いわけでもなかった。

「俺はいつも真ん中くらいだ」

「一番反応に困る順位……」

真ん中くらい、という絶妙な可もなく不可もない順位に、桜咲もなんとも評しがたい困り顔で唸《うな》っていた。

成績が悪ければ「ほら私の言った通り」、良ければ「思ってたより頭いいんだ」とリアクションが取れるのに、という心の声が桜咲の表情には如実《にょじつ》に表れていた。

そして、この話題を擦《こす》っても楽しくならなそう、と判断したのか、桜咲はあっさりと話題を代吉の日常生活についてへと変えてくる。

「そういえば、100円ショップでも思ったけど、代ちゃん先輩って意外と普通の生活してるんだなぁって」

「俺が普段どんな生活をしているのか、興味を持たなくていいって言ったと思うが」

「だって気になるもん」

「まぁ普通だよ。……というか、100円ショップって、実は割高みたいな商品も意外とないか？　化粧品なんかも、他のとこの方が実際は安かったりしないのか？」

「内容量とかで計算したらそっちのが安い、みたいなのはあるかもだけど、一通りの種類をとりあえず揃《そろ》える、ってなると100円ショップのが便利かなぁって感じ？　値段も計算しやすいしね」

喋り方は軽いが、計算、という言葉が出てくるところから、なんだかんだ勉強が身に付いている子なのだな、と代吉は漠然と思った。

そして、それと同時に、桜咲ときちんと会話できている自分自身にも気づいて、内心で代吉は少し驚いてもいた。

いつも逃げてばかりで桜咲とマトモに会話をしてこなかったせいもあるが、桜咲が普通の家の子、であるからこそ会話のキャッチボールが成り立つと思っていなかったのだ。

　だが、少し考えれば、別に不思議なことでもなかった。代吉は旧華族出身ではあるが生活自体は普通であるのだ。それは、一般家庭出身の桜咲とは近しい感性を持つ生活をしている、ということでもある。

　代吉は、今更ながらにその事実に気づいた自分は、もしかすると馬鹿なのかもしれない、と一瞬自己嫌悪《じこけんお》に陥った。

　そんな時だ。代吉のスマホが鳴った。見るとエレノアからのチャットで、なにやら今から緊急の職員会議が始まるらしく、幸子《さちこ》の迎えには行けなくなったそうで……代わりに行って欲しいと、そういう内容だった。

「代ちゃん先輩どうしたの？　急にスマホ見て……」

「用事ができた」

「え？　友だち？　お父さんとかお母さんからの連絡……じゃないよね？　だって、海外にいるってさっき言ってたし」

「俺に友だちはそもそもいない。ただの個人的な用事だよ。とにかく俺はもう行く」

「え、待って待って！」

「代金は先に払ってあるから、気にしなくていいぞ。桜咲がお手洗いに行ってる時に払っておいた」

支払いの時に微妙な空気になるのも嫌だったので、代吉《だいきち》は隙を見て、こっそり全てを支払っていた。

だが、それがどうにも桜咲には余計な気遣いに感じられたようだ。桜咲は怒っていた。

「勝手に払っておいたって……こういうのは半分ずつ、だよ！　奢《おご》ってもらいたいなんて、そんな女じゃないもん私！」

「それはわかってる。だから気にしなくていいって言ったろう。じゃあな」

代吉はよっこらせ、と腰を上げると店外へと出た。そんな代吉の諸々《もろもろ》の行動に納得しかねているらしい桜咲が後を追いかけてくる。

「勝手に帰ったらだめ！」

「用事ができたと言ったハズだが」

「じゃあ、その用事に私もついてく！」

代吉は一度歩みを止め、桜咲を見た。桜咲は、絶対に一緒に行く、という覚悟の表れなのか鼻息を荒くしていた。

諦めそうにはない雰囲気の桜咲だが、ただ、それでも学生である以上は真夜中になるまでは食い下がれないハズであるので、時間をかければどうにかなる気は代吉にもした。

しかし、そんなことをしていれば幸子を迎えに行く時間も遅くなるのだ。

もうそろそろ夕日も沈む頃合いだ。学童保育内の子たちも迎えがきて帰っているだろうし、そう時間も経《た》たないうちに、一人ぽつんと幸子だけが残されることになる。

（……それは幸子が可哀想《かわいそう》だな）

というわけで、代吉は致し方なく桜咲《さき》の同行を許すことにした。

「絶対についてくからね！」

「わかった。好きにしたらいい」

「い、いいの？　じゃあ、ついてく」

まさか代吉が簡単に許可すると思っていなかったのか、桜咲は拍子抜けしたらしく、その様子は例えるならば、びっくりして急に止まって立ち上がった時のウサギに似ていた。

そして、代吉の行き先が学童保育であったということが、こうした桜咲をさらに混乱させてしまうことにも繋《つな》がるのだった。

4

学童保育に着く頃には空はすっかり暗くなっており、ほとんどの子にもう迎えがきていたようで、仲がよい子も帰っていた幸子は一人でお絵かきをしていた。

代吉が窓の外から手を振ると、幸子は笑顔になって、通学鞄《かばん》を背負って「だいきちー！」と慌ててやってきた。

「今日もママじゃないのか」

勢いよく足に抱き着いてきた幸子の頭を、代吉は優しくぽんぽんする。

「なんか急な会議でいつ終わるかわからないそうだ。お仕事だからな」

「そっか。ママも〝おとな〟だからな。仕事はしかたない……ん？　そっちのひと誰？」

幸子は、代吉の隣で状況を把握しきれずに戸惑っている桜咲に気づいたようだ。怪訝《けげん》そうに桜咲を指差しつつ、代吉に説明を求めてきた。

「学校の女の子だよ。俺より一つ年下のな」

「だいきちのカノジョ？」

「いや、違うぞ。色々あってな」

「おっぱいデカいな……背そんなにたかくないのに……干してるの見た時にこっちがギョッとなるくらい大きいぶらじゃー着けてるぞ、きっと。ママも大きいから、そういう感じだって、あたしにはわかる。だいきち、おっぱいデカいの好きなのか？　もしかしてママのことも好きか？」

「俺はそういうので人を見ないが」

代吉が幸子とそんな会話を繰り広げていると、桜咲が目を泳がせながらおそるおそる話しかけてきた。

「えーと……似てないけど代ちゃん先輩の妹ちゃん？」

「妹ではない」

「じゃあ、親戚の子とか？」

「親戚の子でもない」

「どういうこと？」

「どういうこと、って言われてもな。頼まれたから迎えにきたんだ」

「地域のボランティアとか、そういうの？」

「違う。俺はそういうのには参加しない。大事なことではあるのだろうが、そういうことをする余裕はない」

桜咲の予測をことごとく代吉は否定し続けた。すると、そんな二人のやり取りを見かねたのか幸子が会話に割って入ってきた。

「そこのおっぱいデカい人」

「え？　おっぱいデカい人って……私のこと？」

「だいきちはね、ママと仲いいからあたしの迎えにきてるの」

「し、失礼な言い方をする子……」

「うん」

間違いではないのだが、なんとも誤解を招きそうな言い方だった。桜咲も幸子の言葉を変な解釈で理解して相当なショックを受けたらしく、硬直して石になっていた。

ただ、幸子に決して悪気があったわけではないのも代吉はわかっていた。幸子が「?」と首を傾《かし》げていたからだ。

「この子のママと……仲がいい？　人妻と不倫？　それとも、シングルマザーとデキてるとかそういう話……？」

とはいえ、間違った事実を認識されたまま、というのもあまり気分がよいものではないのだ。代吉は仕方なく、端的に事情を説明することにした。

「桜咲、うちの学校に英語教師のエレノアさんいるだろ？」

「……スコットランド出身のエレノア先生？」

「そうだ。そのエレノア先生が、俺とマンションの部屋が隣同士なんだ。あと、エレノアさんが日本で留学生をやっていた時期に、実は俺の祖父母が賃貸とかの世話してて、まぁ知人なんだ」

「……つまり？」

「知らない仲じゃないから頼まれるんだよ。娘の迎えに行って欲しい、と。部屋が物理的にも近いしな」

代吉の言葉に嘘《うそ》はないが、余計な混乱を生むだけと思い、あえて伏せた部分もあった。

例えば、エレノアが両親を失った後の代吉の未成年後見人になってくれた人である、等がそうだ。

本来であれば、唯一の成人の血縁者である伯父――つまり、椿《つばき》の父親にやってもらうのが順当だが、既に婿養子として山茶花《さざんか》家に入っていた経緯もあり、そちらの親族の手前等もあって色々とハードルがあったようなのだ。

伯父は『できれば自分が引き受けたい』、と考えていたそうだが、それが不可能であるのは明白で、代吉も幼いながらにそんな伯父に迷惑はかけられない気持ちがあった。

そうして一人ぼっちとなった代吉の存在を知って、可哀想だ、として未成年後見人を引き受けてくれることになったのが祖父母と知己であったエレノアだった。

ただ、そうした詳細な背景については、桜咲に教えなくてもよいと思い代吉はあえて省いた。

この説明で納得して貰えただろうか、と代吉は桜咲の様子をちらりと窺《うかが》った。桜咲はなんとなく理解はしてくれたような雰囲気はあったものの、その一方で、信じきるにはもう一押しが必要そうな感じであった。

「嘘言ってない気はするけど、でも、本当に本当なのかどうかちょっとわかんない。今からおうち帰るの？」

「そうだな。幸子を夜の街に引っ張り出して遊ぶ、なんてするわけないからな」

「じゃあ、おうちまで私もついてく」

「へ？　なんで？」

「おうちまでついてったら、そしたら、代ちゃん先輩の言ってることが本当かわかるじゃん。教師に夜勤とかないだろうし、待ってたらエレノア先生も帰ってくるだろうし」

「俺の部屋にくるつもりなのか？」

「だって、そうしないとわかんないじゃん」

「エレノアさんが帰ってくるの、早い時は早いが、本当に遅い時だと22時とかだぞ。そんな時間までお前が家に帰ってこない、なんてなったらご両親が心配するだろ。夜遊びとかする方じゃないだろ？」

「…………」

「俺の説明に嘘はない。本当だ。誓ってもいい。気になるなら、時間ある時に学校でエレノアさんに聞けばいい」

「今の世の中は個人情報の取り扱いとか厳しいから、聞いてもエレノア先生たぶん教えてくれないよ」

「俺の方からも言っておく。聞かれたら答えていい、と」

「……わかった。じゃあ明日聞いてみる」

事実確認をしてもいい、という代吉の提案にはさすがの桜咲も反論ができなかったようで、ようやく折れてくれた。

「わかってくれて助かる」

「うん」

「タクシー呼ぶか？」

「だいじょぶ。ってかまた勝手に代ちゃん先輩お金払いそうだし。私はそういうの好きな女じゃないもん」

「じゃあ、駅までは幸子《さちこ》と一緒に送る。……電車降りてから家に着くまでの間は、大通りだけ歩けよ。もう暗いからな」

「それくらい、ちゃんとしますぅ！」

桜咲がべーっと舌を出して代吉に反発する。すると、それを見た幸子が肩を竦《すく》めて「やれやれ」と息を吐いて再び余計な口を挟んできた。

「わがままばかりの、おっぱいだ」

「……どしたのかなぁ急に？　おとなの会話に、おこちゃまが入ったらね、駄目なんだよお？」

おっぱい煽《あお》りをされて会話を邪魔された桜咲は、笑顔で幸子をたしなめようとしていたものの、そのこめかみには青筋が立っていた。

だが、そうした我慢と怒りの入り混じった桜咲の反応を面白いと思ったのか、幸子はニヤニヤ笑っていた。

「よくしゃべるな～このおっぱいは」

「お、おっぱいおっぱいって……」

「だいきちは、おっぱいでは動かんのだぞ」

「別におっぱいで誘惑なんてしてないけどっ……！」

「そう？」

「そうだよ！」

「どうかな～そのおっぱいはそう言ってない気がするけど……」

勝手に人をおっぱいに巻き込むな、と代吉《だいきち》は思うものの、割って入って会話を止《や》めさせるにしても上手に仲介できる自信もなく、余計に二人の諍《いさか》いを悪化させそうな気もしたので、ただ黙ってやり過ごして歩き出した。

だが、そうした無頓着な代吉の姿は、それはそれで二人の神経を逆なでしてしまったようで、

「代ちゃん先輩、ダメだよって怒ってあげなよ」

「はぁ～～～？　だいきち、おっぱいのいうこと聞くひつようないからな！　文句いってやれ！」

等《など》と、どっちの味方をするのか、と詰められることもあった。代吉としては、何事もなく桜咲《さき》を駅まで送って、そのまま幸子と家に帰りたかっただけなのだが……。

代吉は「うーん」と悩む素振りを見せつつ、とにかく二人を連れて駅を目指した。すると、少し遠目にだが駅が見えたことに気づいて、何も聞いていなかったことにして強引に突破を選ぶことにした。

「え？　なんの話だ？　考え事をしていたからな。話の流れがまったくわからんが……お、そろそろ駅だな。ほら、あとちょっとだ」

「んじゃね、おっぱい」

「え、あっ……」

代吉の指摘を受けて、幸子は疲れたと言わんばかりにため息を吐《つ》いて、桜咲は寂しそうに少し俯《うつむ》いた。

「………………」

「……代ちゃん先輩」

離れたくない、とちらちらとこちらを見てくる桜咲の姿が小動物みたいだったものだから、代吉も少しばかり絆《ほだ》されそうになり、思わず、

「別にこれが今生の別れってわけでもないだろう」

等と口走ってしまった。すると、桜咲は嬉《うれ》しそうに「うん」と答えて駅へと向かって行った。

余計な期待を持たせてしまったかもしれない、と代吉は自己嫌悪《じこけんお》した。そんな代吉を見た幸子は「あのおっぱい、メンドくさそうな女だったな」と桜咲への悪態を吐いていた。

代吉は桜咲のことを面倒くさいとは思っていないのだが、どう接したらいいかわからない、という感覚はあった。

だが、今さら出した言葉を引っ込めることはできないのだ。代吉は、あくまで最後ではないと言っただけであって会おうと言ったわけではない、と自らを納得させつつ、幸子と一緒にマンションへと帰った。それから自分の部屋で幸子の面倒を見ていると、エレノア

も帰ってきた。

「ママー」

と、幸子は寝惚け眼《まなこ》を擦りながらエレノアに抱っこして貰《もら》うと、そのますぅすぅと寝息を立てた。

「いつもありがとですね、代吉」

「いえ、俺の方こそ、後見人をして貰ったりして普段から迷惑をかけていますから。それと……」

代吉は頭を下げつつ諸々《もろもろ》の経緯を伝え、桜咲から聞かれたら答えてください、と頼んだ。

エレノアは肩を竦めつつも了承してくれた。

「なるほどです」

「すみません。面倒くさいことに巻き込んでしまって」

「いいですよ、別に。それにしても、そこまでするなんて、代吉にとって本当に大事な思い出なんですね。花曇《はなぐも》サン」

エレノアは、代吉がなぜ桜咲を気に掛けるのか、その理由を知っている人物だ。まぁエレノアに限らず多くの学校関係者、つまり教師陣には周知であったりもするのだが……。

「まぁ、俺に残された唯一の、ある意味での両親との繋《つな》がりですから」

代吉は心の中で今に至るまでの流れを振り返った。

なぜ自らが桜咲を陰から見守っているのか、そして学校からあれこれ依頼を受けることの理由について……。

◆◆◆◆

とある場所で、官民共同の国際プロジェクトの成功を祝うパーティーがあった。実を言うと、代吉はそこで桜咲と会ったことがあった。

桜咲は代吉のことを覚えてはいないようだが、代吉は桜咲のことをよく覚えている。

本来であれば、参画企業の創業者一族、役員、政治家、関係省庁の高級官僚、外交官、そしてそれらの知己や縁者のみが呼ばれるそのパーティーは、この時は関係各位のさらに下の下の平社員や末端公務員、それらの家族も含めてよい大規模なものに、ということで沢山の人が集まっていた。

普通の家庭では滅多にない機会だから、というのもあってか、一種の家庭サービスも兼ねて妻子同伴の者も多く、そうした一般人枠の中に幼い桜咲とその両親の姿もあった。

このパーティーに佐古《さこ》家も呼ばれていた。

代吉の両親がプロジェクトの関係者、というわけではなく、高祖父が社歴が長い一部の老舗の参画企業の創業者たちと昭和初期に親交を持っていたから、という知己としての枠だった。

ともあれ、代吉も両親と一緒に出席したし、親類ということで山茶花《さざんか》家に婿養子に入っていた伯父や椿《つばき》もいた。

ただ、佐古家はこの時から既に影の薄い旧華族、という有様《ありさま》であったので、上流階級の人たちは勿論《もちろん》のこと、一般枠の人たちからも「同じ枠かな？」と思われ、気を使われることもなく普通に話しかけられたり、逆にこちらから話しかけたりといった感じだった。

そうした中に、代吉の両親が桜咲の両親と談笑する一幕があった。

桜咲の両親は自分たちの後ろに隠れてもじもじする娘のことを、「とても頭がよい子で」と自慢していた。

それに対して、代吉の両親は自分の子と歳《とし》の近い桜咲に気を緩めたのか、微笑《ほほえ》みながら「こういう子が活躍できる世の中になると、いいですね」と答えた。

代吉はそれを見ていたし、覚えていた。なぜかというと、理由は単純で、それが両親の最後の笑顔だったからだ。

事故が起きたのは、パーティーが終わって外に出た時だった。暴走した車が人通りに突っ込み無差別に人を撥《は》ねるという事故に巻き込まれ、不運にもそのまま亡《な》くなった。

代吉が巻き込まれなかったのは、たった数メートルほどではあるが、両親と離れていたからだった。「他の子とじゃなくて、うちと遊《あしょ》んで」と言って服の裾を引っ張ってくる椿の相手をしていたからだ。

両親の最後の笑顔が、自分ではなく桜咲と共にある――だから、代吉はずっと桜咲のことを忘れられずにいて、特待生として入学してきた桜咲の姿を見つけた時、心がざわついた。

気がつけばエレノアに事情を説明し、雑事を引き受ける代わりに桜咲が学校生活を円滑に進められるように配慮して欲しい、という交渉を学校側に持ちかけていた。

学校側は当初、難色を示したが、代吉が自分の思いや過去の説明を終えると態度が軟化し、容認という運びとなった。

その後、代吉がこつこつと真面目に雑事をこなす様子に、一人、また一人と教職員は代吉の気持ちを当初以上に慮《おもんぱか》ってくれるようになり、今に至るのだ。

これらが代吉が桜咲を見守っていた理由であり、そして、学校の雑事を引き受け続けている背景であった。

代吉のことを桜咲が覚えていないのは、もう五年も前のことであるから当然ではあったし、思い出して貰わなくとも代吉は構わなかった。むしろ都合もよかった。下手に覚えられている方が動き辛《づら》くもなるからだ。

代吉にとって大事なのは、自分の両親の言葉通りに、桜咲がきちんと活躍できるようにしてあげられるか否《いな》かだ。桜咲が不自由のない毎日を送っているだけで、自分の両親の最後の笑顔も守れているような、そうした気持ちになれるからだ。

◆◆◆◆

代吉が過去を振り返り、苦しげな表情で俯くと、それがある種の子犬のようなか弱さに映ったらしくエレノアが頭を撫《な》でてきた。

「代吉は本当にいい子ですねぇ。いい子いい子。素敵な男の子に育ってきました～」

そして、エレノアは代吉の額にキスをした。これらが今よりも幼かった幸子《さちこ》を寝かしつける時にエレノアがよくやっていた仕草でもあることを知っていた代吉は、なんともいえない気持ちだった。

桜咲からだけではなく、他の女性からも赤ちゃん扱いを受けた、という事実に代吉は些《いささ》かのショックを受けたのである。

（俺はそんなに赤ちゃんぽいのか？）

実際のところは、赤ちゃんというよりも母性をくすぐる雰囲気、といった方が正解である。見た目はわりと地味ながらクールでなんでもそつなくこなすが、一方でどこか女性が心配したくなる雰囲気が代吉《だいきち》からは滲《にじ》み出ている。

勿論エレノアからのこうした扱いについては、一緒であった期間も長く苦楽を共にした仲ゆえに単純に情が深い、というのがあるのも代吉とてわかってはいる。

代吉がエレノアに引き取られた時というのは、まだ幸子も二歳か三歳前後の頃。当時、エレノアも色々とあって離婚もして単独親権を得ていた時期でもあり、加えて来日時に頼りにしていた代吉の祖父母も故人だった。

だからこそなのだ。

ただ、それはわかっていても、赤ちゃんのような扱いをされるのは、代吉としても思うところがある。

代吉は怪訝《けげん》に首を捻《ひね》りつつも、幸子を抱えたエレノアが部屋から出ていくのを見届けてから、さくっとお風呂《ふろ》に入ってベッドへと潜り込んだ。

睡魔はすぐに訪れた。

代吉は夢の世界で両親と会いたくなる時がある。一年か二年くらい前までは、頻繁に姿を現してくれて、会話も沢山できていたほどだった。

けれども、最近は両親が夢に全然出てきてくれなくなった。

気が付けば朝になっていた。カーテンの隙間から零《こぼ》れる朝日に、代吉は目を細めながら、むくりと起き上がる。それから、歯磨きをして、学校へ向かう準備をするのであった。

第二章

1

朝、幸子を送る前のエレノアから、今日も今日とて学校からの依頼がある、と伝えられた代吉は昼休みになってから職員室へと向かった。

代吉は職員室へと入ると、目が合った教職員たちに軽く頭を下げた。教職員は誰もが微笑みと共に「がんばってね、佐古くん」と激励の言葉をくれた。

そんな代吉の姿に気づいたエレノアが、椅子に座ったままニコニコとしながら手招きで呼んできた。代吉はなんとなく、幸子が昨日やたらと〝おっぱい〟と言っていたことを思い出し、エレノアの傍《そば》に行くと同時に無意識にその胸元に視線を向けた。

大きいおっぱいだった。

「代吉きましたね～。今日の頼み事の前に、一つお伝えすることがあります。午前中に花曇サンが職員室にやってきて、代吉とのことを聞かれましたので、きちんと教えました。

そうしたら納得していました」

「………」

桜咲《さき》が代吉の言葉を信じてエレノアに確認を取らずに終わる、という可能性もあるにはあったが、桜咲はそうしなかったようだ。

きちんとエレノアに聞いたのだ。

そうした桜咲の行動を代吉がどうこう思うこともなかった。裏付けを取って安心したい気持ちが桜咲にはあったのだろうし、それも察していたからこそ代吉も提案したのだ。聞けばいい、と。

桜咲の疑惑は解決できたようなので、それはいいとして——代吉の注意は今はそれよりもエレノアの胸だった。ブラウスがぱつぱつに引っ張られており、少し歩いただけでボタンが今すぐ弾《はじ》けて飛んでいきそうだった。

(胸の大きさがどうとか、俺にはよくわからんな)

人の見た目、というのを代吉はあまり気にしたことがなかった。交友関係が狭いこともあって、そうした話題に触れる機会も少なかったので、気にする習慣自体がなかったからだ。

と、その時である。エレノアが代吉が自分の体のどこを見ているのか気づいたらしく、目を細めて両腕で胸を隠した。

「ん～？　代吉どこ見てますか～？」

代吉は自分が眼《め》の焦点をどこに合わせているのかに気づいて、慌てた。

「え!?　あ、あの、その、桜咲に俺との関係を答えて貰《もら》ったようで、ありがとうございます」

「それはもういいです。どこ見てましたか、と聞いてます」

代吉は慌てて目を逸《そ》らした。

さて、エレノアを怒らせてしまいそうになった時の対処だが……そこは付き合いの長さもあって代吉も知っている。日ごろから幸子の失態等も見ているからこそ、人のふり見て我がふり直せ、とエレノアの扱いを心得ていた。

「……すみません」

そう、素直に謝るのだ。幸子は無駄に抵抗するから余計にエレノアを怒らせている、ということを代吉は正しく理解していたし、今までもこうして乗り切ってきた。

だがしかし、今回ばかりは、いつものようにはいかなかった。エレノアは素直に謝るだけでは許してくれなかったのだ。

「女性の体に興味あるんですか？　それとも、何か別の理由がありますか？」

異性の体に関係することでもあるからか、エレノアは理由を問うてきた。代吉の年齢も考えてのことなのか、気にせずスルーするのではなくきちんと教えないといけない、と保護者としての役目も感じていそうな雰囲気も漂わせている。

「…………」

幸子のせい、という事実を告げるべきだろうか？　と代吉はしばし悩んだ。今まさに急降下していそうな自分の評価を取り戻したいのであれば、幸子には悪いが経緯の説明をするのが正解である。

だが、そうすると、幸子はエレノアから間違いなく怒られ泣くことになる、ということにもすぐに気づいた。

代吉は幸子のことが嫌いなわけではなく、また、そのような姿は見たくなかったし、それに何より「ばらしたな！」と恨まれるのも嫌だった。

諸々《もろもろ》のことを考え、あくまで自分を悪者にしてしまおうと代吉は決めた。

「別の理由はありません。確かに、俺も男子なので、正直に言って女性の体に興味がありました」

「そ、そうでしたか」

「はい」

「そういったお歳《とし》……であるのはわかりますよ。まぁワタシも、まだ三十歳ですから、そ、そういう対象に入ることもあるかもですが、で、でも、駄目ですよ？　じーっと見ては。それは犯罪になることもありますからね？」

「わかりました。気をつけます」

「そうしてくださいね」

　ふんす、と鼻で息をして威厳を示そうとするエレノアだが、その頬が幾ばくか紅潮していた。注意してあげなければ、という使命感がある一方で、代吉が女性の体に興味を持つようになってしまったのかも、と幾らかの戸惑いを覚えている様子だった。

　代吉は物心が付く頃から物分かりはよい子であり、それはエレノアに引き取られてからもそうであった。代吉自身その自覚が当然にあることから、今のエレノアが何を考えているのか見当もついていた。

　エレノアが頭ごなしに怒ってこないのは、性への興味は人間の成長過程においては自然なことであるから、決してそういった気持ちを抱くこと自体を禁止はしたくない……という感じのことも恐らくは考えているからだ、と。

　それはそれとして……。

　幸子の為《ため》とはいえ、自分自身のことを〝おっぱいに興味がある男の子〟と定めたことに、代吉はなんとも言えない羞恥の気持ちでいっぱいであった。けれども、仕方がないことだと深々と頭を下げるのであった。

「…………」

「若さで暴走とかも駄目ですよ？　きちんと、女性の気持ちも考えて、相手がいいですよーって言った時だけですからね？」

「わかってます」

「花曇《はなぐも》サンに、そういうことしたら駄目ですからね？　かわいい子ですから、今の代吉だと、わおわお〜ってライオンちゃんになっちゃうかもしれないですしね」

「ライオンちゃんにはなりません。わおわお〜もしません。あと、ライオンはわおわおとは鳴かないと思うので、がおがおの方が良いと思います」

「日本のオノマトペは難しいのです。そうやって些細《ささい》な部分の揚げ足を取るのではなくて、ワタシの言いたいことの本質を理解してくださいね？」

「きちんと相手のことを考えましょう、という話と受け止めました」

「そうです」

「反省しています」

「…………」

代吉《だいきち》は粛々と告げるが、それでもエレノアは確証を持てないのか、継続して疑惑の目を向けてくる。

ここが堪《こら》え時だ、と代吉は我慢した。

余計なことを言えば、自分への疑惑疑念を深めるだけであるので、代吉はただただ瞼《まぶた》を閉じてスンと澄まして無心を貫いた。

すると、エレノアも代吉が自分の欲望をコントロールできていると安心したようで、話題を変えて今日の学校からの依頼を伝えてくれた。

今日は届いた備品物品の納入数量の確認だそうで、代吉はタブレット端末を受け取ると菓子パンを頬張りながらすぐに倉庫へと向かい、ぼちぼち作業を始めることにした。

2

「まさか『おっぱいが好きな男の子』と思われるハメになるとはな……まったく、幸子《さちこ》にも困ったものだな。『いけいけマチちゃん』の過去話まとめがセールになったら課金してあげようかと思っていたが、やめておくか」

代吉が幸子を甘やかすのは駄目だなと呟《つぶや》きつつ品数の確認をしていると、時間があっという間に過ぎていった。昼休みが終わる前にはギリギリなんとか終わりそうで、代吉は胸を撫《な》でおろした。

代吉がこうした雑務を請け負い始めた当初は、まだ慣れていないこともあって作業を放課後まで持ち越し、あわあわしながら19時過ぎまでかかっていたこともあった。終了報告が中々来ないことを心配してか、エレノアやその他数人の教師が様子を見にきてくれて手伝って貰ったりもした苦い記憶もあったりする。

それが今では一人で昼休みの短い時間に完遂できるようになった——要領よくやることを覚えたのだ。

「さて、これで終わりと……」

代吉は数字を記入し終えると保存を押し、タブレット端末の電源を落として早歩きで職員室へと返却に向かった。職員室に着くと、エレノアが席を外していたので、代わりに近くにいた男性教師にそのままタブレット端末を渡した。

代吉は、その教師が桜咲《さき》のクラスの担任でもある、ということにもすぐ気づいた。黒髪をポニーテールにして前髪を少しばかり垂らしていて、なんというか、とても執事感のあるような人物で、特徴的なので記憶に残りやすいのだ。

「すみません、これお願いします」

「はい、確かに受け取りました。……だいぶ早くなりましたね」

「そんなことは……」

「いや、本当に早くなったと思います。ウチの学校は規模も大きいですから、大変なハズです。……要領がよいんでしょうね佐古《さこ》くんは」

全国の有力者の子息、技能や才能を持つ子を特待生で集めている規模の大きな学校ゆえに、代吉が係わる雑事は多岐に亘《わた》る。だからこそ、この教師が褒めてくれているのは単なる気遣いではなく、本心でもあるというのが代吉にもわかった。

「佐古くんは本当に立派です。ご両親を亡《な》くされ、祖父母様も既に他界されて天涯孤独だというのに、曲がらずに誰かのことを考えて生きられるのは、素晴らしいことです。エレノア先生に引き取られたことで、孤児院等に行かずに済んだのがよかった——」

教師はそこまで言って、自分が無遠慮に生徒の家庭環境に踏み込んだことに気づいたらしく、申し訳なさそうに代吉から目を逸らした。

「すみません、色々と、思い出させてしまったかもしれません。私も悪気があったわけでは……」

物腰からは性格の良さは伝わってくるが口が滑りやすい人、というのは、老若男女問《ろうにゃくなんにょ》わずにいるものだ。

この教師については、桜咲のクラスの担任というのもあって、若干の不安を代吉は抱いているのだが、ただ、今のところ桜咲にバレていないのも事実だ。

あくまで自分の前だから少し緩んでいるだけで、普段はきっちりしているのだろう、というのもそこから分かるので代吉は気にしないことにした。

「別に先生が謝る必要はありませんよ。俺も気にしていません。……ただ、一つ訂正してよいのであれば、天涯孤独、というのが少し違います。親戚もいることはいます。中等部の椿《つばき》は一応従妹《いとこ》ですしね」

「中等部の椿……あぁ、山茶花《さざんか》家のご令嬢ですか。佐古くんの縁戚だったのですね。そういえば、たまに高等部の棟にきて佐古くんに絡《から》もうとしている姿をお見受けしますね。縁戚だから気を使わずに遊びにきている、というわけですか？」

「椿には困ったものです。俺のことを玩具《おもちゃ》にして……見つかる度に逃げています」

「なるほど……なんとなくお気持ちは理解しますが、ただ、折角会いにきてくれているのですから、たまには逃げずにお相手をしてあげてはいかがですか？　佐古くん自身の気分転換にもなるかもしれませんよ」

それが気を使った提案なのは、代吉にもわかった。ただ、代吉は椿のことをよく知っているからこそ、相手をしたところで気分転換になるとも思えなくて。

だから、

「そうですね」

そう言って肩を竦《すく》めて適当に受け流した。

3

――今日どうする？

――どうもしないわ。

――部活とかもやらないからな俺ら。暇。

――そういうのは特待生の仕事だもんね。

――基本やることがないんだよなこの学校。修学旅行とかも三年に一度、中等部は中等部で、高等部は高等部で三学年合同。親戚に普通の学校に通ってるヤツいるけど、なんか学年ごとに違うらしいな。

――それはほら、この学校は何か学びを得る為の旅行は各家庭でやってくださいってスタンスだから。どこの家だってそれぐらいのお金とかルート持ってる前提だし。

――そこらへん適当ですものね。まぁでも学祭は毎年やっていますし。世間一般の感覚を養う、という目的で。

——それで感覚を養えんのか？　って疑問はある。

代吉は、教室内で談笑するクラスメイトたちをちらりと見る。こうやって友だちやクラスメイトと他愛もない話をするのが、まぁその、青春というヤツなのだろうと思いつつも、自分には無縁だとして教室から出た。

時刻は放課後だが、今日の代吉はもう特にやることがなかった。学校側からの依頼は昼休みに終わらせたものだけで、エレノアからも幸子の迎えを頼まれていなかったからだ。

こうして空いた時間ができると、代吉は桜咲の様子をちらりと窺《うかが》いに行きたくもなるのだが……控えよう、と思い踵《きびす》を返した。

おでかけの時の別れの言葉を思い出して悪い気はしたものの、それでも、代吉は元々の考え通りに桜咲を見守る頻度を減らすことにしていた。

だが、そうしていると、姿をまったく見せなくなった代吉を桜咲が気にして、逆にこちらの様子を窺いにくることが増えた。

今がまさにそうで、代吉が視線を感じて振り向くと、桜咲とその友だち複数が慌てて物陰に隠れた。

——見つかった！　隠れて隠れて！

——桜咲さぁ、あの先輩と二人きりにしてあげた時に何かやらかした？　あの先輩が桜咲の様子を全然見に来なくなって、逆にこっちから来てる始末だけど。

——何もしてないよ！　一緒にフラッペ楽しんだし、会話も弾んだと思うし、秘密もちょっと教えて貰《もら》ったりしたし、『これが最後じゃない』って言ってくれたのに急に来なくなって……私のこと嫌いになったのかな……嫌だなそうだったら。

——代ちゃん先輩とやらが自分の傍《そば》にくるのが当たり前、という桜咲の考え方にも問題はあるからね。桜咲の方から勇気を出して近づいたの、おでかけ誘った前回一回だけでしょ？

——うん。

——じゃあ桜咲の方からもっと積極的に近づかないと。今日すぐはさすがに無理だから、とりあえず明日から地道にね。

——だ、だよね。がんばる！　連絡先も次は教えて貰う！

——えっ⁉　一緒にでかけたのに、ＳＮＳのＤＭ教え合ったりチャットのＩＤも交換してなかったの⁉

——サッキーはもう駄目かもわからん。絶対あの先輩「あの女俺に気がねーな」ってなってるよ、それ。だからこなくなったのか。

——やだ！　やだ！　チャンス欲しい！　がんばる！

——なんといじらしい乙女心……がんばってくださいまし、桜咲さん！


上手《うま》く隠れた前提で会話をしていそうな女の子の群れに突撃する勇気は代吉になく、内容は聞こえてはいたがそのままスルーを決め込んだ。

（桜咲は、俺のことなんて気にせず、ただ自分の幸せだけを追えばいいんだ。俺のことなんて忘れるべきなんだ）

それで何もかも丸く収まるし、それが正しいのだ、と代吉は考えていた。そんな風に『自分なんか』と下ばかり向いて前も後ろも見ないものだから、椿が友だちを連れて自分めがけて走ってきていることにも代吉は気づかなかった。

校門を抜けてすぐのところで、ドン、と誰かが背中にぶつかってきて、代吉はびっくりした。

「？？？？？」

「捕まえたぞ～！　ざーこ♥」

声ですぐに椿だとわかった。代吉《だいきち》が『しまった』と眉を顰《ひそ》めながら振り向くと、椿がニヤニヤしながら背中に抱き着いているのが見えた。

「ひぇ～大胆」

「もう彼氏にやるやつじゃん、それ」

「椿の従兄《いとこ》先輩、抱き着かれてめちゃくちゃ嫌そうな顔してるけど……」

椿は代吉の背中にぐりぐりと頭を押し付けると、

「嫌なわけないじゃんね、きー君？」

等《など》とのたまった。椿は代吉の呼び方を複数持っており、『ざこ』以外に『きー君』とも呼んでくる、というのはさておいて。

代吉の口からは深く長く重いため息が吐き出された。

「はぁ……俺としたことが……」

「俺としたことが、なに？　うちに惚《ほ》れちゃったぞって？　いや～そんなに愛されるとうちも困っちゃうなぁ」

「どこからその元気が出てくるのか問い詰めたいところだが……とりあえず、放してくれるか？」

「放したら逃げるじゃん、きー君」

桜咲と似たようなことを椿は言うが、まぁ代吉が逃げがちな男の子なのは事実だ。その理由は相手によっても変わるが、椿に対してそうするのは単純に玩具《おもちゃ》にされるのが嫌だから、である。

「遊びにゆくぞ～！」

あっはっは、と元気よく笑う椿に捕縛されたまま、そして椿の友だちの女の子たちに囲まれたまま、代吉はあれよあれよという間に街中に連れ出された。

幸子《さちこ》くらい歳《とし》が離れていれば、振り回されても代吉とて温かい目では見れるのだが、一歳二歳しか違わないくらいの子に振り回されるのは、どうにも自分が軽んじられているだけのような気がして泣きたい気持ちにもなるのだった。

しかし、抱き着かれてしまっては無理に振り解《ほど》けなかった。そういうわけで、代吉は大人しく椿に付き合うことを選ぶのであった。

それから椿に連れ回された代吉だが、時折何かの化粧品のような甘い匂いが漂ってきて、それが鼻の奥を刺激してくることに気づいた。

まだ中等部だというのに――いや、もう中等部だからこそ、椿もそうした色気にも興味を持ってしまったようだ。

だが、それにしても、なんだかつけすぎのようにも代吉は思った。

「椿《つばき》……」

「なに？」

「ちょっと、化粧品の匂いがキツくないか？　何の化粧品かよくわからないがつけすぎじゃないのか？　伯父さんや伯母さんに怒られるぞ」

「は、はぁ〜〜〜？？？　そんなつけてませんけどぉ⁉」

代吉が指摘すると、椿は顔を真っ赤にして恥ずかしがった。それを見た椿の友人たちが大爆笑する。

「先輩先輩、唇の保湿につけるバームがあるんですけど、椿ちょっと最近新しいの買ったらしくて、匂いがいいからって香水の代わりにするって耳の裏とかにめっちゃ塗ってました」

「止めたんですけどね〜。それやるくらいなら、薄い香水をさっとやった方がいいって言ったんですよ。私の家が化粧品の会社なんで、いいのあるよって。でも『嫌だ自分で考える〜』って言って。もうべたべたになってますよ、椿の耳の裏とか手首」

「バームって匂い薄いんで、ちゃんと香るようになるまでって椿も量を間違えちゃって」

「まぁ椿も化粧っ気がない子ですから、許したってください」

「ちょっと大人になりたかっただけだもんね、椿」

周囲から秘密を暴露されてからかわれた椿は、笑顔のまま玉のような汗を顔中に浮かべると、そーっと代吉から離れた。

周囲に色々言われたからとはいえ、椿がこうもしおらしくなるのは代吉的には珍しい光景であり、少しだけ驚きがあり、

(椿もこういう反応をするのか……まぁその、中等部も三学年になると状況次第では恥じらいを覚える、ということなのかもな)

等と一人勝手に理屈をつけて「なるほど」と納得していると、椿の友だちの女の子が二人、代吉の左右に回って強引に腕を組んだ。

急な展開に代吉は慌てるが、椿をからかう為なのだ、とすぐにわかった。二人ともがにやにやしながら椿を見ていたからだ。

「な、なんだなんだ？　どうしたんだ？」

「せーんぱい。カッコいいな～って」

「ね～」

「先輩に似合う服とかお着替えさせちゃって、ぱくぱくしちゃいたいな～って」

「ぱくぱくって、言い方がおっさん過ぎて笑える。ウケ狙ってる？」

「狙ってる。男の子ってこういう言い方が好きじゃん。少しおっさん臭いくらいの方が、

距離近くしてもいいのかな、って勘違いするみたいよ」

「あんたそういう子だったの？　男の子慣れしてんの意外～でもでも、これはキスもしたことない椿に強敵出現ってコトかな？」

誰かの玩具を奪ってからかいたいし、ちょっとしたマウントも取りたい――そういう年頃なのである、というのは代吉にも理解できた。

そして、こういったことに慣れていない自分が気づけたくらいなのだから、同性の椿はすぐに察するハズだ、と代吉は思ったのだが……椿は冷静ではいられなかったようで、代吉という名の玩具を奪われたことに本気で怒ってしまっていた。

「あ、あんたたち～‼　きー君はうちの従兄なんだよ⁉」

「だからどうしたんですか～？」

「それって怒るのと何か関係あるんですか～？」

「離れろって‼」

椿は半分涙目になりつつ、次々に代吉から友だちを引きはがした。ふー、ふー、と臨戦態勢の猫のように唸《うな》り声を上げながら、椿は代吉を庇《かば》うように自らの友だちの前に立ち塞がった。

「散れ‼」

と、椿が一喝する。椿の友人たちは反省する素振りもなく、けれども椿の反応を見て楽しめたことには満足できたようで、笑いながら「きゃ～、椿が椿が怒った～ん」「だいちゆきだいちゅき、ちゅきちゅきちゅっきん椿たん」とからかいまくりつつ、散った。

なんとも騒がしい一幕に、代吉は今日何度目かもわからないため息を吐《つ》いた。

「……ごめんね」

友だちとのやり取りに巻き込んだことに椿は悪気を感じているのか、申し訳なさそうに俯《うつむ》き、そう呟《つぶや》いた。

もう少し椿が生意気を継続するかと思っていた代吉は、この対応に拍子抜けして思わず肩を竦《すく》めた。すぐにかける言葉が見つからなくて、もじもじする椿を眺めることしかできなかった。

「………………」

「あいつら、きー君のことなんとも思ってないからね？」

「それはまぁ……そんな感じだったな。それより、友だちに喧嘩腰《けんかごし》で大丈夫か？　あとで仲悪くなって揉《も》めたりしないか？」

「うちの心配してくれるんだ？　ざこのわりに気が利《き》くね～？　まぁでも大丈夫だよ。友だちと言いたいことを言い合うのはいつものことだからネ」

どうやら交友関係への心配は必要がなかったようで、椿は笑いながら代吉の横腹を突《つつ》いてきた。本人が大丈夫と言うのであれば大丈夫なのだろう、と代吉は安心した。

「まぁなんだ、椿の友だちも元気だな」

「元気ありすぎなんだよね」

「なるほど。さて……俺も帰るか」

「え？　何か用事あるの？」

「いや、特にない。ないからこそ、帰って少し勉強でもするかと思ってた」

「それは要するに暇ってことじゃない？」

「勉強するから暇ではない」

「そうじゃなくて、順序が逆で、暇だから勉強しようと思ってたって話じゃないの？」

妙に食い下がってくる椿が、胡乱《うろん》な目つきで代吉を見上げてくる。簡単に帰してくれる気はなさそうだ、と代吉は直感した。

「暇ってことなら、うちも暇でぇ……折角だし二人でまだ遊ばない？」

椿は自分の暇を代吉で潰したいと、そういう趣旨の発言をした。まぁそうくるであろうとは代吉も察していたが、上手《うま》く切り抜ける言葉が出てこなかった。

「いや、それは、まぁなんというか椿は椿で何か趣味を見つけるとか、そういうことに時間を使うのもいいんじゃないかと……俺は思うのだが？」

「きー君と遊ぶのが趣味だから」

「それを趣味と言うのは、何かこう違うような気がするぞ」

「んー、趣味だよ」

「………」

「さ、行きましょ行きましょ～」

椿はしれっと代吉の腕を取ると、繁華街へ向かって歩き出した。こうなってしまっては、今しばらくは椿に付き合うしかなさそうだ、と代吉は項垂《うなだ》れた。

時に――代吉は、桜咲の時よりも簡単にあっさりと抵抗を諦めたが、それには相応の理由もあったりする。

今でこそ「きー君」や「ざこ」といった呼び方をしてくる椿だが、小さい頃は〝お兄ちゃん〟と呼んでくれており、代吉が兄で自分は妹、というスタンスだった。

現在のような接し方を椿がしてくるようになったのは、代吉がエレノアに引き取られてからのことだ。その辺りから急に疑似的な兄妹《きょうだい》の関係から脱するかのように、対等となろうとするかのように、椿は現在のような姿勢に変わったのだ。

それはある意味で、他人の庇護《ひご》の下で過ごすことになった〝お兄ちゃん〟に頼ることで迷惑となることを避け、また一方では元気づける為《ため》に明るく振る舞うことにした、という意図を多分に含んでいると代吉《だいきち》は感じていた。

代吉の記憶にある幼き椿は、事あるごとに「お兄ちゃん、たしゅけて」と純粋に頼ってくれる可愛《かわい》げのある子であり、どちらかといえば、そういった甘やかしたくなる昔のままでいて欲しかったりもしたのだが……。

自分が〝こうして欲しい〟と思った通りには動かないのが人間で、進んで欲しいと思った道に限って歩むのを嫌がるものなのだな、と代吉は世知辛《せちがら》さを一人噛《か》みしめる。

いずれにしても、椿の目に映る代吉は、急にお父さんとお母さんを亡《な》くして、親戚である山茶花《さざんか》家からもスルーされ、その結果外国人の女性に引き取られていった『可哀想《かわいそう》なお兄ちゃん』であるのだ。

代吉は頭がよくはないが、だからといって悪いわけでもないからこそ、これらの椿の心情についてはもう何年も前から理解していた。

「椿……いつもありがとう。見方を変えればいじらしくて、まぁ、そこも可愛いところなのかもな」

代吉がそうした言葉を口走ったのには深い意味はなく、少しだけ昔を思い出したことで、妹を甘やかす兄のような感覚で言ったにすぎなかった。

だが、椿の反応はどうにもおかしく、耳の先まで熱を帯びさせて真っ赤に染め上げた。

そうして熱がこもったせいか匂いも香りやすくなるようで、椿が耳裏の付け根に塗ったというリップバームの香りが殊更に代吉の鼻腔《びこう》を刺激する。

「べ、別にお礼を言われることなんて……」

「俺が一人ぼっちだから、優しくしてくれてる」

「玩具《おもちゃ》だと思ってるだけだからっ……！」

椿から香ったのは、蜂蜜とミルクを足して合わせたような、それは甘ったるくて、食べてしまえば胸やけに襲われるくらいふんだんに砂糖を使った洋菓子のような匂いだった。

しかし……それにしても、椿がこうした恥ずかしがり方をするのは、どういう理由があるのだろうか？

代吉は少し考える。考えて、答えを出した。恐らくは、普段は軽くあしらったり逃げたりもする自分がふいに見せた柔らかさに驚いたのだ、と。

きっと、そうだ。恐らくそうに違いない、と代吉は納得するのだった。

4

椿《つばき》は一体どこへ遊びに行くつもりなのだろうか、と代吉が頬を掻《か》いていると、そのうちになんだか怪し気な立て看板のお店に着いた。

「この店は一体……」

「ここね、ちょっと評判になってたんだ」

お洒落《しゃれ》カフェ〝ごろにゃん〟と銘打たれたその店は……変な雰囲気だった。カラフルな洋菓子を前にぽわぽわした顔となっている客を、店員がスマホで写真やら動画やらに収めているのだ。

「こんなおかしなところに興味があるのか？　椿、お前まさかと思うが、ＳＮＳとかで変な男と連絡取ったりしていないだろうな？」

「そんなことしません〜！　ここはお洒落な洋菓子出してくれて、店員にスマホ渡すと洋菓子と自分をいい感じに撮ってくれるっていうサービスがある店なの！　それなのに変な疑い方して、うちがそういう子だと思ってんの？　凄《すご》い傷つくんですけど」

「本当か？」

「本当だってば！　なんならうちのスマホ見る？　いいよ、見て」

椿はスマホを代吉の眼前に差し出してきた。普通の人間ならば「いや、そこまでする必要はない」と言う状況だが、代吉は少しだけ〝お兄ちゃん〟の側面が出てしまったこともあり、普通に受け取った。

まぁ受け取ってから代吉は少し後悔したのだが、しかし、だからといって「やっぱりい い」と返すのも自分が一貫性がない人間だと言っているに等しい気もしたので、結局は見ることにした。

「ほ、本当に見るの？」

「見る。何か変なことになってないか俺も心配だからな。こうして目の前に出された以上はある種の義務としてな……」

「……いいけど」

「パスコード……椿」

「はいはい、解除すればいいんでしょ！」

パスコードを解除して貰《もら》い、スマホの中を代吉は確認し始める。ただ、プライバシーというものもあるので確認は本当に少しだけとした。

チャットはグループ名と相手の名前だけを見て内容にまでは目を向けず、画像もさっとだ。あとはどんなアプリがあるか見るに留《とど》める。

連絡相手は友だちと両親だけのようであり、アプリについてはショート動画投稿のものや、ちょっとしたゲーム等であった。画像も連絡相手同様に友だちや両親と一緒に撮ったものばかりで、変なところは一切なかった。

代吉はすぐに椿にスマホを返した。

「大丈夫そうだな」

「だから言ったじゃん！　というか、返してくれるの早くない？　本当にちゃんと見た？」

「ざっとな」

「ざっと？　あとで『ちゃんと見てなかったな』とか言い出さない？　また疑われるの嫌だから、おらおら〜！」

椿はチャットのトーク画面を開いたスマホを代吉の顔にぐいぐい押し付けてきた。代吉は「別にいい」と両手を広げて拒否するが、「見ろ〜」と椿がしつこいので、仕方なくトーク内容を確認することにした。

中身は本当に歳相応《とし》の女の子たちの会話で、遊びの約束の話とか、今見てるアニメの話とか、あとは何かイベント事に参加したいとかできないとか、そんな感じだ。

「わかった、わかった。何も問題はない。俺も椿のことはもう疑わない。これでいいか？」

「いいよ」

ふん、と椿は大きな鼻息を吐《つ》くと、代吉の手を引いてそのまま店内に入った。「いらっしゃいませ～」というどこの店でも聞ける挨拶を受けつつ席に座る。

正直なところ、俗物感の強いこの店のコンセプトに代吉は納得していないが、しかし確かによく見れば、店員が客と洋菓子を一緒に撮っているだけであったので、そういうものなのだなと解釈することにした。

「何を頼もうかな～」

「なんでもいいんじゃないか？」

「そういう態度は駄目！　一緒に考えないと！」

「一緒にって……」

「ほら見て、メニュー表に色々あるよ。うーん……お、これはきー君でも理解できるでしょ、〝バズる苺《いちご》ミルクレープと抹茶ラテ〟」

「バズる、という前文いるか？」

「いるって！　ほら、層と苺が綺麗《きれい》に見えるようにカットしてくれて、抹茶ラテも色が濃いから、だからショート動画とかに使ったら色がハッキリしててバズるかもよ～……って理解を促してくれてるじゃん」

「そんなの書かなくても、見ていいなと思った人間が店側に撮っていいか聞くなり、各々《おのおの》が判断するんじゃないのか」

「じゃあこれは？　これは〝バズる〟って文字がないとわかんなくない？」

　椿が指さしたのは、〝バズる楽器おもちアイス〟という、楽器の形に成形した餅アイスだった。

　指定した楽器の形の餅アイスを出してくれるらしく、確かにこれは椿の言う通りに前文があった方が――

「いや、これも同じだ」

　――とは代吉はならなかった。こうした代吉の態度を前にして、何を言っても意見は変わらなそうだと椿は感じたのか、舌打ちをしつつも敗北宣言を口にする。

「はいはい、うちの負けです～」

「勝負だったのか、これ」

「うちはいつだってきー君とは勝負だからね。一言一言が勝負。……いつ勝てるかな」

　椿が一体何の勝負をしているつもりなのか、代吉にはまったくわからなかった。

　ただ、椿が今の性格を演じるようになってから久しいので、こうした負けん気の強さも知らないうちに本当の癖になってしまっただけで、特に意味はないのかもしれない、と代吉は思った。

椿が幼い頃とは変わってしまったことに再びの悲しみを覚える代吉だが、しかし、だからといって今の椿を否定する気もなかった。多くの人間はよかれ悪《あ》しかれ、誰かの影響を受けたり、ある種のキッカケで変わり続けるものだからだ。

だが、そうした椿の変化に対して、代吉はなんだかもどかしい気持ちも抱いた。自分は子どもの頃のままだ、というのを突き付けられているような気がしたからだ。

椿はもうずっと前から、理由はあるにしても、自分のことを〝お兄ちゃん〟とは見ないようになった。それなのに、自分は今も心のどこかで、椿のことを〝妹のような子〟という解釈に閉じ込めたままで……。

女の子の成長は早い、とよく言われる。

だから、恐らくは、二歳も年下ではあっても椿は自分より大人なのかもしれない、と代吉はなんとなく思った。

「きー君、どれがいいか言わないならうちが選ぶよ？」

「……ああ、椿がいいのでいい。文句も言わない」

「お、言ったね？　本当にいいの？」

「いい」

椿が何を頼もうとしているのかはわからないが、代吉はそれが何であっても文句を言う気はなかった。

そして、そんな風に言ってしまえる自分がどのような人間か、ということも薄《う》っすらと理解できてしまった。

（俺は……自分がどうしたいのか、というのがないんだよな）

例えばだが、代吉《だいきち》が桜咲《さき》を見守っているのも、自我ではなくて両親との過去ありきの行動だ。それは裏を返せば、誰かを理由にしなければ自分は何もできない、ということでもあった。

代吉は俯《うつむ》いて寂しげに笑った。

すると、その姿が本当は注文したいのがあるのに我慢しているようにでも見えたのか、椿が驚いて慌ててメニュー表を代吉の目の前に突っ込んできた。

「きー君は左のこっちと右のこっちどっちがいい？」

「え？」

「どっちがいいか……うち迷ってる。だから、きー君が選ぶんだよ！」

「だから俺は……」

「選んで。理由はなんでもいいから。なんとなくでもいいし、今日は靴を右から履いたから右でとかでもいいから」

「俺は椿に合わせるよ」

「うちはきー君が〝こうしたい〟って思ったように動いて欲しい、って気持ちあるから、だから、うちに合わせるって言うならきー君が決めて」

強引な椿に代吉は困惑した。本当に勝手に決めて貰って構わないと代吉は思っていたのだが、しかし、それを再び口にすると椿が本気で怒りそうなのもわかった。

だから、本当になんとなく、別に理由があるわけでもなく、ただ右利《き》きだから反射で右の〝バズるデコレーションラスク&カップルすとろー付きチョコラテ〟を指差した。

「きー君がこれを自分で選んで決めた、でいい？」

「あ、あぁ、そうだな。右利きだから右にした」

「うん。じゃあこれ頼む」

椿が満足そうな顔をしたものだから、代吉はさらに困惑した。椿の今の性格的に、自分で選びたいのではないのだろうか、と思っていたからだ。

（どうして、俺が決めたとなると喜ぶんだ？）

代吉は戸惑うが、まぁだが、椿が嬉《うれ》しいのならそれでよいと深く考えないことにした。別に問題があるわけではないのだから、そこを気にする必要もなかったのだ。

それから、椿が店員をさくっと呼んで注文を告げた。間もなくしてちょっとお洒落な感じの男性店員が注文の品を届けにきた。

「お待たせしました～」

綺麗な花模様のデコレーションが施されたラスクと、大き目の容器に入ったチョコラテが一つ。チョコラテの方には、ハート形で飲み口が二つあるストローが一本だけあった。

代吉は会釈《えしゃく》して、それから早く食べようと思ったのだが、妙な視線を感じて手が止まった。男性店員がバックヤードにもカウンターにも戻らず脇に立ったまま、こちらの様子をちらちらと窺《うかが》っていることに代吉は気づいた。

（なんだ、どうしてこの店員はずっと傍《そば》にいるんだ？）

怪訝《けげん》そうにする代吉の制服の袖を、椿《つばき》がくいくいっと引っ張ってきた。

「きー君、写真と動画を撮って貰お」

椿に言われて、代吉はこの店のコンセプトを思い出した。そう、ここは店員がお客と注文品を撮影してくれるサービスが目玉であるからして、だからこの男性店員も『いつ頼まれるだろうか？』と傍から離れずにいるのだ。

店員はようやく自分の出番がきた、と安堵《あんど》のため息を吐く。そんな店員に椿がスマホを渡した。

「動画と写真のどちらでしょうか？　両方？」

「どうしよっかな〜……うーん……まぁ今日は写真だけで」

「承知いたしました。ところでお客さまの制服、あの有名な学校のですね。確か白系が中等部で、黒系が高等部でしたか？」

「そだよ！」

「中等部と高等部で年の差の恋人同士って感じですか？」

「そうそう、わかってるスタッフさんだねぇ。……そうだ、じゃあ一緒にちうちうしてるとこ撮って貰《もら》お〜！　きー君ストローちうちうだよ！」

椿が店員の勘違いである恋人同士というのを肯定したのは、恐らく、否定しても説明だのなんだのと無駄に時間を使うのも疲れるから、なのだろう。状況的にはそんな感じに思える、と代吉は解釈した。

それはそれとして、カップルストローを一緒に吸っているところを、という椿の提案は代吉には普通に恥ずかしく感じられた。

だが、変にゴネて拒否したところで、無関係の他人である店員を困らせるだけなのであって、そういう行動を楽しめる性格でもないのが代吉だ。

仕方ない、と代吉は椿と一緒にカップルストローに口をつけ、ちうちうとチョコラテを飲み始めるのであった。

「いやぁ、若い恋愛ってのは……見てるだけで、なんかこう明るい気持ちになれますね。はい、撮影終わりました」

「ども〜」

椿が店員からスマホを返して貰うと、店員はそのままバックヤードに戻っていった。

「いやはや、まさか恋人同士と間違われるとはな」

代吉が所在なげに頬を掻《か》くと、椿はふっと鼻で笑って横を向いた。

「いいじゃん。そういう風に見えたってことは、もしかしたら相性がいいのかもね〜うちら」

「男女の組み合わせの客には、誰にでも同じことを言ってるんじゃないのか？」

代吉がしれっと現実的な答えを口にすると、椿がなにやら面白くなさそうに眉根を寄せた……ようにも見えたが、横顔からではどうにも見分けがつかなかった。

もしかすると、面白くなさそうな顔ではなくて、『やっぱり？』と乾いた笑みを浮かべて眉が動いただけ、という可能性もある感じだ。

まぁいずれにしても、改めて聞いてまで知りたいことでもないので、代吉は大人しくラスクを食べ始めた。味は普通だが、デコレーションはよく見ると本当に凝っており、軽そうな店の雰囲気とは裏腹にわりと本格的だった。

変なサービスつけない方が逆に流行《はや》るのではないか、等《など》という代吉の余計なお世話的な思考はともあれ、問題は量が多いチョコラテだ。

椿は体が細いので、これを飲みきることが難しいのも容易に想像がつく、というわけで代吉が腹に収める必要がでてきた。

残してもよいのだろうが、しかし、それはそれで何かこう、心の中の道徳心的なものが毀損されそうな気も代吉にはしたので、少しずつ時間をかけて消費した。

代吉が飲んでいる途中、椿もちょくちょく参加して飲んでくれたのがまだ救いではあった。

5

「腹がヤバイな……」

「たぽんたぽん？　今のきー君、服を脱がせて上半身裸にしたら狸《たぬき》みたいなお腹《なか》してそう」

「そんなことはない」

「絶対してるよ。見せてみな～」

けらけらと笑いながら椿が代吉の制服の裾を摑《つか》んでくる。代吉は「やめろ」と椿の手を払いのけ、それを阻止する。

すれ違う人々が時折呟《つぶや》く二人に対しての感想は様々で、先ほどの店員のように「いちゃついてる恋人」と捉える人もいれば、「仲がよい兄妹《きょうだい》」と認識している人もいるようだった。

代吉と椿の距離感は、そのどちらであってもおかしくない、というある種独特なものであったのはその通りで、なんだかんだ代吉も少し椿には絆《ほだ》されてきたこともあって、流れるように椿が「欲しいものある」として行きたがったゲーセンにも付き添うことにした。

「椿もこういうところに興味があるんだな」

「あるよ普通に。逆にどうしてないと思ったの？」

「山茶花《さざんか》家はそういうの厳しいのかも、という印象はあった」

代吉は山茶花家の内情を詳しくは知らないが、それでも、多少は外部の人間より知っている方だ。椿がたまに零《こぼ》すこともあるし、会う機会があった時に伯父が血縁ということで気が緩むのか世間話で出してくれたりする。

椿の家系、山茶花家については、まずその性の由来が、江戸時代の先祖に当たるとある一介の商人である。

日本が江戸時代に鎖国をしていたのは、日本で教育を受けたのであれば誰もが知ることで、その裏で一部の欧州の国とは限定的に貿易が許可されていた、というのもまた等しく誰もが学んでいる。

そうした国の中に、オランダがある。

そして、そこからやってきたツンベルク、という医師が山茶花をいたく気に入り日本から本国へ持ち出した——という噂《うわさ》を、江戸時代の椿の先祖となる薬売りが耳にし、紅毛人（※当時のオランダ人の異称）に興味を示して貰い商機に繋《つな》げることができるかも、として自らの姓を山茶花と称したのが始まりだった。

山茶花という性はあくまで私称であったが、なんだかんだと途切れることなく明治の世にまで続き、１８７５（明治八）年の苗字《みようじ》必称義務令の布告を以《もっ》て正式に届け出たことで確定した、という流れである。

元が薬売りであった系譜を山茶花家は明治以降も引き継ぎ、大正時代に製薬会社を興《おこ》して以来、現代にも残る老舗企業となっている。

経営体制については、どこかの商家に倣《なら》ったらしく、最終的な経営トップは婿養子という伝統があるそうで、現会長取締役《とりしまりやく》の椿の祖父が引退した場合に、本家筋の婿養子ということで次は代吉の伯父がそのようになる。

いずれ椿が誰かと結ばれれば、その人物が伝統を守る限りはトップになる。まぁ会社の規模は大きくなく、あくまで政財界の末端に席がある程度でもあるが……。

さて、そうした山茶花家の歴史はさておいて――椿がゲーセンにきたのは、クレーンゲーム限定のぬいぐるみが欲しかったからだそうだ。

「あれ！　あのミニかわのぬいぐるみ！」

ミニかわ、というのは、なんかミニサイズでかわいい、というキャラクターのことだ。色々な動物がモチーフにされていて、すっかり世間に広まっている存在である。

「いま流行ってるやつか」

「そうだよ！　食品ともコラボしてたりするんだから！」

「それは俺も見たな。スーパーで半額弁当を買おうとした時に、そのすぐ隣のカップ麺とか袋ラーメンとかのコーナーになんかいつもと違うのあるなって」

「は、半額弁当……っ。わりと生活感に溢《あふ》れてるね、きー君……そういうの食べてるの？」

「お金は使わないに越したことはないからな」

「うちでご飯食べるようにする？　パパとかママに相談してみる？」

「そんな気は使わなくてもいい。伯父さんも伯母さんも困るだけだ」

「うちが頼めば大丈夫だと思うけど、てか、もしかしてなんだけど、きー君ってあの人……後見人のエレノアさんに虐《いじ》められてる？　半額弁当だけ食べてなさいとか言われてる？」

「そんなことはないが……自分が食べるものに金をかけないのは、俺の癖みたいなものだな。というか、あの人、という言い方は止《や》めた方がいいと思うぞ。高等部の先生だからな」

「あの人呼びで十分だよ。きー君なんでそんな庇《かば》うの？　あ、わかった。あの人おっぱいデカいから、それでなんか許しちゃってんだ」

「エレノアさんと何かあったのか？」

「別にないよ。あーあ、きー君はおっぱいが好きなんだ」

なぜに椿がこうも苛立《いらだ》っているのか、代吉《だいきち》にはわからなかった。

ただ、こういう時の椿は、早急に答えを言わなければ延々と会話を堂々巡りにする、ということを代吉は知っているので、自分の考えを言ってしまうことにした。

「何もないのにそんなに当たりキツくなるか？　というか、俺は別におっぱいとかどうでもいいんだが。適当に流そうとしても、椿はずっと同じ話題を出してきそうだからハッキリ言うが、俺はマジでおっぱいについては関心がないんだ」

「そうなの？　でも、好みくらいはあるでしょ？　どんなおっぱいが好きなの？」

「強《し》いて言うなら、その考え方の逆だ」

「へ？　逆……？」

「好きになった女の体の一部なら、それだけでどこの部位だって好きになる。体の一部分を好きになったからその女性のことを好きになるんじゃなくて、好きになった女性の体だから好きになる。そういう感覚だな」

　恥ずかしい感覚が伴う己の思考の吐露だが、けれどもこれを言わねば椿《つばき》が収まらないのだ。代吉が「言ってやったぞ」とふんすと鼻で息をつくと、椿はそれが想定していない答えだったのか、呆気《あっけ》に取られて瞬《まばた》きを繰り返した。

「ん、んー……なるほど？」

「理解できたか？」

「つまり、好きになった女の子のおっぱいなら、大小も形も触り心地もなんでもいい？」

「そうだな。俺はおっぱいで人を好きにはならん」

　実際のところは、色々なしがらみゆえに自制は利《き》いているものの、桜咲《さき》にドキリとしてしまう時もあるのだから、代吉も普通の男の子のように本能の部分では避けられない部分もある。

エレノアについても、代吉がある程度の距離を取った話し方をするのは、経緯と関係性ゆえに気を使っているだけではなく、異性であることを意識した部分もあるのでは、と問われれば――完全には否定できないかもしれなかった。

代吉は椿や桜咲より年上とはいえ、それも一つか二つの違いでしかなくて、つまり複雑なお年頃という側面もあるには……ある。

「問答は終わりだ。ミニかわ、取るんだろう?」

「なんか煙《けむ》に巻かれた気もするけど、でも、なんとなくわかる答えでもあったし……」

「俺は自分の考え方をきちんと伝えた。あとは椿の解釈次第だ」

「そっか。とりあえず……体のことは気にしないってわかった。ま、まぁきー君はざこだから、そういう感じということで」

「そうだな。俺はざこだから、仕方ないな」

「よーしよし、じゃあ取りますか〜」

椿も納得はしてくれたらしく、ガラスの向こう側のミニかわを救出すべく、クレーンを夢中になって動かしはじめた。

だがしかし、難易度をまぁまぁ店側が高く設定していたようで、中々に取れずにいた。

椿が「もう一回!」と電子マネーを使い続けること三十分が経過し……その頃になって、

どうにもお小遣いを使い過ぎたことに椿も気づいたらしく、徐々に青ざめていった。

「ひえっ……」

「もう数えるのが面倒になるくらい失敗してたな」

「で、でも、あとちょっとだと思って……」

椿も規模が小さいとはいえ一応は企業経営者一族の本家の子であり、お小遣いも普通の家の子よりは各段に多いハズだが、それでも「やばいかも」と思うくらい使ったようだ。

こうした時は、大人しく引き下がるのが利口な選択だが、ただまぁ、椿が「ミニかわ……」と指を咥《くわ》えて悲しそうな顔で見ているのを代吉もそのままにはできず、仕方ない、と自らのお金を使ってプレイを始めた。

「きー君……？」

「見てたからな。多分こうすると……」

何事にも攻略法というのはあるものだ。射幸心を煽《あお》られ前のめりになっていた椿と違い、代吉は椿が失敗し続けたクレーンの動きを冷静に眺め続けていたお陰で、なんとなくどうすればいいかを掴んでいた。

すると、あら不思議——ミニかわの中でも一番に椿が狙っていたキャラクターのぬいぐるみを、二回目でゲットしてしまった。

「ほら」

代吉は椿の手を取ると、ミニかわのぬいぐるみを摑ませてあげた。椿は俯《うつむ》きながらも嬉《うれ》しそうに頷《うなず》いて、

「……ありがと」

少しだけ舌足らずな、なんだかちょっとだけ甘えているような、そんな喋《しゃべ》り方で代吉にお礼を言ってきた。

「大事にするね」

「そんなに好きなのか、ミニかわ。でも、たかがクレーンゲームの景品のぬいぐるみだ。作るのにお金かかってないだろうし、大事にしたところですぐ駄目になる」

「駄目になるとしても、それでも、本当にもう駄目になっちゃったってなるまで大事にするの」

「そこまでになる前に、新しいやつに替えればいい」

「そういうことじゃないんだけどなぁ……」

「まぁ好きにすればいい。……お、もういい時間だな」

代吉は何気なくスマホを見て、そろそろ17時になりそうであったことに気づいた。夏であればまだ日も高い頃合いではあるのだろうが、今はもう秋だ。太陽も沈み始めて、まも

なくすればあっという間に夕方を越えて夜の帳《とばり》が降りる。

「帰るか」

ここらへんが潮時だ、と代吉は判断した。自分一人ならそれこそ真夜中に出歩いたって別に構わないのだが、椿はそうではないからである。

椿はまだ中等部の生徒で、代吉と違って本物の家族がある。親戚の目だってある。その歳《とし》で夜遊びでもしているのか、と山茶花《さざんか》家の人間に思われるのもよくはないだろう、と代吉も気を使ったのだ。

そこらへんは椿も理解しているらしく、特に反発してくることもなかった。

「……うん。あんまり遅くなり過ぎても、皆が心配するし」

椿がぬいぐるみを鞄《かばん》にぐいぐいと押し込めながら出口へと向かうのを見て、代吉も後を追った。

外に出ると、いつの間にか天候が変わっていたようで、雨が降っていた。空を濃い灰色の曇が覆い、世界がどんよりと暗がりに支配されていて、ざぁざぁと絶え間のない雨粒の降り落ちる音だけが響いていた。

「雨か……」

「ゲーセンくる前は晴れてたのに」

「もう秋に入ってるからな。秋は天気が変わりやすい、的なことわざもあるくらいだから、ずっと昔からそういうものなんだろう。秋の空は七度半変わる、だったか」

「あー、なんかあったねそういう感じのことわざ。写真なんかでもさ、紅葉のイメージ写真とかって番傘と一緒に写ってる時あるけど、あれ、秋は天気が変わりやすいから番傘とセットとかなのかもね」

「さぁどうだろうな。単に映えるかもってだけかもしれないぞ」

「何かこう繋《つな》がりがあるのかもなぁみたいな、そういうロマンチックなことを考えた方が楽しくなるよ？」

「そうか？」

「そうだよ～」

椿は占いとか運命とか、意外とそういうのを信じるタイプなのかもしれない。ただ、椿がオカルト方面に強くのめり込むような性格ではない、というのも代吉は知っている。だから、他の普通の人と同じく気分や気持ちを前向きにさせる為《ため》のアイテム、のような感覚で捉えていそうでもある、とも思ったりした。

「それにしても、雨が止《や》みそうにないな」

「うーん……てか、なんか通る車が多くない？　あっちの建物に頻繁に横づけされてるのも見るけど、何かイベントでも……って、あれ迎賓館……そっか、ここのゲーセン近くだったんだ。気づかなかった」

椿の視線の先には迎賓館があった。それは、記念館のような公共の施設という感じのものではなくて、お金持ちや上流階級の人間の社交界のような催しの為の建物である、というのが外観の雰囲気からも滲《にじ》み出ていた。

それを証明するかのように、横づけされている車も高級車ばかりだった。そこから降りてくる人間も、全員が高そうなスーツや美麗なドレスで自らを着飾っている。

華々しい一部の人々たちの為の場所、だ。

もしも両親が存命であったのならば、佐古《さこ》家もまだ少しは威厳を保ち、自分もあるいは誘われる機会もあったのかもしれないと、代吉はなんとはなしに思った。

だが、すぐに首を振ってその思いは忘れることにした。「かもしれない」の話など何の意味もないことで、それを考えたところで、ただ無為に時間が過ぎるだけだからだ。

「そういえばだけど……なんか今日どこかで社交界があるみたいな話を家で聞いたかも。これのことだったんだ。忘れてた」

「椿はああいう華やかな場所に興味ないのか？」

「興味のあるなし以前に、あの迎賓館のは確か大人限定だったハズ。お酒とか出るやつだったと思う。だから、パパとかママ……は仕事あるから無理で、まぁお祖父《じい》ちゃんか他の空いてる時間ある親戚が山茶花家を代表して出席するくらいじゃないかな」

「……もしも椿も参加していいって催しだったら、参加したかったか？」

「別に。山茶花家自体、ほら、政財界の中で下の方だから格がどうこうみたいになってほとんどの相手に気を使わなきゃいけないから、面倒くさいし嫌だなって思ってる。きー君はどうなの？　あーいうの好き？」

「別に好きでも嫌いでもない。そもそも招待状がこないしな」

「そうなの？　佐古家はきー君しかいないから、書類上っていうか便宜上っていうか、旧華族名簿とかには当主として載ってるじゃん？」

「確かに名前は載ってるが……どうでもいい、って思われてるんだろう。でも俺だけじゃないハズだ。そういう扱いの旧華族は探せば恐らく他にもいる。没落してる家な」

代吉《だいきち》の指摘は事実ではあった。旧華族名簿には名前が載っているが招待状が届かない、という人物は探せばいる。

そもそもの話になるが、華族は日本において爵位制度が残っていた時に位階を賜与《しよ》された者たちのことだ。

だが、賜与される理由は様々で、その後に起きた華族制度解体後の変遷も色々である。

財閥企業の系譜を持つことになった者たちは今なお強大だが、それ以外の通常の功績や勲功、あるいは佐古家のように豪族、士族といった背景によって華族となった者たちの場合は、改めて事業家や政治家に転身したり、あるいは国家の関与する団体の長《おさ》となり子息を指名で継がせる等ができなければ衰退するのだ。

ただ、伝統と歴史の保護、ということで名簿に現当主として名前だけ載る……そういう状態だ。

だが、それは時代の流れであり、別に間違っていることでもなく、むしろそうあるのが正しく健全だと代吉は捉えていた。過去に縛られることの無意味さと、けれども離れられないことのしがらみが歪《いびつ》であることを、代吉はよく知っているのだ。

代吉はただただ雨をじっと見つめていた。すると、椿《つばき》が何かを思い出したらしく、「あっ」と声を上げた。

「社交界、ってので思い出したんだけど」

「どうした？」

「小さい頃……じっと一人の女の子のことをきー君が気にかけてたパーティー、あったよね。うちもそれに参加してたから、なんかきー君が凄《すご》い気にしてる女の子いたよね～って」

「そんなパーティーあったか?」

代吉が首を傾《かし》げると、椿は少し言いにくそうに口ごもった。そんな椿を見て、代吉はどのパーティーのことなのかを思い出した。

だからこそ、それが非常に言い辛《づら》いことであるともわかったので、自ら先回りして答えて椿が言い易《やす》くなるように誘導した。

「いや、そうだな、あったかもな。あれだろう、俺の両親が亡《な》くなった日にあったパーティーのことだろ」

「……うん」

椿は申し訳なさそうに頷いた。

そんな風になるくらいなら話題に出さなければいいのに、とは代吉も思うのだが、しかし一方で、椿が遠回しに〝お兄ちゃんがどれだけ過去を整理できているか〟を確認したがっているのも理解できた。

ただ、椿がそこを知りたいにしても、『あの時のパーティー』とだけ言えばよいのであって、代吉がその時に気にしていた女の子――桜咲《さき》には触れる必要がないハズだが。

まぁ直球を投げるのも気が引けて緩衝材として入れた、という可能性も十分にあるので、代吉もそこはあえて指摘しなかった。

「その子のことを、きー君は今でも覚えてるの？　心の中にいたりする？」

代吉は桜咲のことはもちろん、桜咲の為にと陰で学校と交渉した事実も、椿に教えたことがなかった。

言えば椿は余計な気を使ってきそうであるし、それを説明することは自分が未《いま》だ過去の傷を抱え続けていることを明らかにするだけだからだ。

それに加えて、椿は友だちが多い子である、というのも代吉が全てを教えない理由の一つにある。

椿の友だちが高等部とも繋がりがあれば、世間話を介して伝播《でんぱ》し、いつかは何かの拍子に桜咲に自分が見守る理由がバレてしまうかもしれない、という懸念《けねん》があった。

だから、よほどの緊急事態でない限り、椿には何も伝えないと代吉は決めていた。それは、椿のくれる優しさに対するお返しのつもりでもあった。

その他には、椿が〝その傷をもっとうちに見せて欲しい〟等と思うわけがない、と代吉は考えていたのもある。

「そんな子がいたかどうか……よく、覚えてないな。昔の話だ。むしろ覚えている椿の方が凄いな」

「そ、そうかな？」

「ああ、椿は記憶力がいいな。……さて、この話題はこれで終わりだ。話を変えるか。伯父さん元気か？」

「え？　パパ？　まぁ……元気ではあるかな？　ただ、少し前まで欧州の会社と合同開発がどうのとかって話で海外出張とかもしてたし、忙しそうではあるかも」

「大変だな伯父さんも」

「まぁパパも大変と言えば大変なのかもね。山茶花家の伝統ってやつ？　まぁそんなのもあって入り婿だから便利に使われてるって感じ」

「適当な説明だな。娘の椿に軽く扱われているのを伯父さんが知ったら、悲しそうな顔になりそうだ。良い人だと思うけどな俺は」

椿の父親――つまり自身の伯父にも当たる山茶花譲治《じょうじ》については、少しくたびれている感じはあるものの、不器用ながらに優しい感じの人、という印象を代吉は持っていた。

椿がどうして父親であり優しそうな譲治に冷たいのかは、年頃の女の子はそういうものであることも多いのだろうし、あとは単純に親を亡くした代吉の前で『本当に良いパパで～』等と言えるほど無神経でもない、ということなのだろうと代吉は思った。

「パパに優しくしなくていいよ？」

「優しくしてるわけじゃなくて、可哀想《かわいそう》だなと思ったというか」

「それが優しくしてる、って言いたいのうちは。てか、パパもなんかやたらきー君のこと気にしてるんだけど、なにかあるの？　二人で連絡取ったりとかしてる？　うちのことで何か愚痴ったりとかしてるの？」

椿の語気が随分と荒く、もしかすると、気を使っているのではなく本当に親子仲が悪かったりするのかも……という懸念が代吉の胸中に湧いた。

親子仲は良い方がいい、と思う代吉は、譲治が良い人であるということを力説することにした。

「伯父さんは何か用がある時は椿を通すから、俺は個別には連絡を取ってない。だから、椿のことをどうこう言ったりもしない。安心しろ。伯父さんは純粋に良い人なだけだ。疑うのはよくないぞ」

「ほんと？」

「本当だ」

「……じゃあその言葉信じる。でも、それなら、パパがきー君のこといっつも話題に出してくるのなんでなのかな～っては思う」

「甥《おい》の俺が一人なのが心配ってだけだと思うがな」

代吉が無難な推測を告げるが、〝心配〟という単語がどうにも気に入らなかったらしく、椿は少しムッとして何やらごにょごにょと呟《つぶや》いた。

「……その心配はうちがやるから別にパパはしなくていーのに。事あるごとに勝手に絡《から》もうとして」

椿がなんと呟いたのか代吉にはわからず……「今なんて言った？」と訊《き》き返してはみたが、椿はちろりと舌を出して「教えない」と歳相《とし》応な無邪気な笑顔を見せた。

「知りたいなら、うちの機嫌を取ることですねぇ、ざーこ♥」

そんな椿の生意気な言動に代吉はため息を吐《つ》いて、それからなんとなく空を仰いだ。そして、いつの間にかすっかりと雨が止《や》んでいたことに気づいた。

秋の天気は変わりやすい、と言われるだけあって、気がつくとビルの合間に徐々に落ちゆく太陽がハッキリと見えるほど透き通る天候になっていた。

「晴れた～帰ろ～」

椿が鼻歌を歌いながら歩き出した。

現在地からだと、山茶花《さざんか》家と代吉のマンションは帰る方向が異なるのでここでお別れとなる。代吉は、遠回りをしてでも椿のことを山茶花家まで送っていこうかと思ったりもしたが、しかし、その考えはすぐに捨てた。

自身の要望をきちんと言葉にできる椿が、『送って欲しい』と言ってこないのだから、

『送らなくていいよ』と態度で示されていると代吉は判断した。

代吉が椿の背中を見送っていると、椿は数歩進むと急に立ち止まっては振り返る、という行動を何回か繰り返した。

何か落とし物でもしたのだろうか、と代吉が首を捻《ひね》っていると、

「きー君きー君」

「なんだ」

「…………」

「どうした俺の顔をじっと見て……何かついてるのか？」

「ついてる。べっとり」

もしかして、ラスクを食べた時だろうか……？　いや、それであればもっと早く椿は指摘してくれたハズだし、代吉自身もどこかで違和感を覚えたはずだ。

だが、念のために代吉は自分の顔を両手で触って確かめた。しかし、やはりというか、何かついているような手触りはなかった。

「ふふっ」

椿が笑ったのを見て、代吉はようやく気づいた。そう、椿は代吉のことを玩具《おもちゃ》のように思っている側面もあるのであって、要するにからかわれたのだ。

ご機嫌に右に左に体を揺らしながら再び歩き始めた椿の背中を見て、代吉《だいきち》は「一本取られたな」と思ったのだった。

6

椿と別れてすぐ、エレノアからチャットが飛んできた。恐らくは何か突発的な会議か仕事が発生して、幸子《さちこ》の迎えを頼みたいとかだろうと代吉が推測しつつ内容を確認すると、その予想が的中していた。

会議があるそうだ。

そういうわけで、代吉はそのまま家に帰るのではなくて、学童保育へと寄ることにした。学童保育の窓の外からひょこりと室内を眺めると、幸子が友だちの女の子と一緒に人生ゲームをやっているところだった。

こういうゲームを対面でやらせているのは、実際に手を動かすとか相手の顔を見てコミュニケーション能力を養うとか、そういった一種の知育の側面もありそうだ。

だが、時期や子どもの成長具合を見ては趣向を変えて、時にはブロック遊び等もさせているのだろうと思うと、代吉にはなんだか学童保育の職員の苦労が見えてきてならなかった。

　まぁそうしたことはさておき、代吉に気づいた職員が、迎えにきたことを幸子に伝えてくれた。幸子は欠伸《あくび》をしながら鞄《かばん》を背負ってやってきた。

「今日もだいきちか」

「そうだな俺だ」

「さいきん、なんかだいきちなこと多いな～」

「エレノアさんも大変だからな」

「ママもしょうがないな。まぁ、あたしはだいきちでも、べつに文句はないけどな」

「いつもそう言ってくれて、ありがとう」

「礼はいらんぞ。ほら、あたしがなにかまちがえると、ママはこわく注意してくるもん。だいきちは優しく教えてくれるもんな」

「エレノアさんが厳しいのも、一人親だからこそ、ちゃんとした子に育てなきゃっていう気持ちがあるからだと思うけどな」

「そんなことは、言われなくてもあたしもわかってんの」

「そうですか。幸子さん頭いいすね」

　代吉がおどけてそう言うと、幸子はノってきて腕を組んでふんぞりかえった。

「ほめるなほめるな。で、あたしもわかってるって言ってんのに、それでもこわくしてくるからママの気持ちわかんないなってなる」

幸子はなんだかんだ、歳の割には敏《さと》い子ではある。だが、それは生まれつきというよりも、後天的な影響が大いにあるようにも代吉には感じられた。

普段忙しくしている母親のエレノアにはなかなか甘えられなくて、そういう時は他人の代吉と一緒にいて、その経験が幸子を普通の子よりも早く大人にしていそうな気もするのだ。

それが良いことなのか悪いことなのか、代吉にはわからなかった。ただ、悪いことを平気で行えるような子にならないのであれば、それで十分な気はしていた。

環境も、人生も、何もかも人それぞれ違うのだから、それを比較して良いとか悪いとか判断するのもおかしな話だ、と代吉は思うのだ。

代吉のそうした考え方は素晴らしく模範的であったが、一方で代吉はこの考えを、『皆違って皆いいからこそ、俺も変わる必要はないのだ』と自らの歪《いびつ》さを誤魔化す為《ため》に使っていたりもする。

しかし、いつまでも自分を誤魔化し続けることにも限界はある。

代吉自身それは薄々察していた。

だが、どう解決すればよいのかもわからないのであって、だからこそ、問題を先送りにしているのが現状だった。

「へくち！」

幸子がくしゃみをして、鼻水を垂らし始めた。代吉はそっとそれを拭ってやると、制服の上着を脱いで幸子に羽織らせた。

「あー、さむい」

「秋の夜は肌寒いものだが、冬よりはまだマシだ」

「だいきちのせいふく……あったかいな」

「まぁ冬服だからな。あと、素材はいいしな。さ、帰るぞ。……少し前まで雨降ってたから、水溜《みずた》まりもあるハズだ。暗くなって見え辛《づら》いから、気をつけるんだぞ」

「あいさー……げっ」

代吉が注意した傍《そば》から、ばちゃん、と幸子が不用意に水溜まりを踏み抜いた。

「だから言ったのに」

「言うのが、お、おそい……ばちゃんしちゃったぞ！」

「遅くない。幸子がばちゃんする前に言いました、俺は」

「く、くそー……てか、よ、よけーさむくなったぞ！」

結構勢いがよかったせいで、靴の中までびちょびちょに濡《ぬ》れてしまって体温も下がり始めたらしく、幸子はぶるぶると震えた。

「な、なんとかしてくれ、だいきちー！」

仕方ない、と代吉は幸子に背中を向けて屈《かが》んだ。

「ほら、おんぶ」

「ぬ、ぬれりゅぞ、だいきちも」

「いいよ別に」

「いいおとこだな！　じゃ、えんりょなく……」

幸子は素直に遠慮なく、代吉がいいと言ったのだからいいのだろう、とそのまま背中へと抱き着いた。ひんやりとした幸子の体の冷たさが伝播《でんぱ》し、最初は代吉も少し身震いしたが、歩いているうちに体が温まってきて気にならなくなった。

第三章

1

代吉が桜咲《さき》に近づかなくなり、けれども桜咲は代吉の様子を見にくるようになってから少し日が経ち、十月も終わり頃となったある日の放課後。

代吉はどうにも困る事態に直面し、眉間に寄せた皺《しわ》に指を押し当てて唸《うな》っていた。

なぜかというと、学校側から、

『入学から半年が経過した、一学年の特待生への口頭での意識調査』

等《など》というものを頼まれてしまったからだ。一学年、特待生……つまり、意図的に避けていた桜咲と接触するハメになったのだ。

桜咲の意識調査の順番をどうするか……代吉は悩みに悩んだ。だが、後ろに回せば回すほど億劫《おっくう》になるし、という結論に至り、さくっと終わらせるべく、桜咲に一番最初に聞きに行くことにした。

しかし、だ。

代吉のその判断は過《あやま》ちであった。桜咲は代吉の質問に答えず、それよりも自分も調査を手伝う、と言い出したからだ。


——調査です！　意識調査！　学校は過ごしやすいですか？

——え？　花曇《はなぐも》さん？　なんでそんなことを……まぁ、別にいいですけど。花曇さんに聞かれては答えない男子もいませんからね。ふふっ。まぁ僕は特に問題を感じていないですね。ただ、その、在校生の八割を占めるいわゆる上流階級の他生徒とは……価値観の違いを感じる時はありますけど……。

——ふんふん。確かにあるよね。そういう時。

——でも、僕は芸術方面での特待生であったこともあって、学外での活動も多いのでそもそも学校にいない時も多いので、そういう価値観もあるんだなぁと、よくも悪くも社会勉強として捉えていました。ところで……。

——なに？

――隣にいるそちらの男子生徒……襟のラインの色的に多分二年の先輩かなと思うのですが……どちら様でしょうか？

――代ちゃん先輩だけど？

――あ～……なるほど……この方が噂《うわさ》の代ちゃん先輩……本当にいたんですか……ははっ……もしかして、僕に話しかけたくて適当に意識調査とか言ってるのかなと思ってたら、そうではない感じ……。

――？

こうなる可能性については、確かに代吉も考慮はしていた。

だが、桜咲が決して性格が悪い子ではないのも知ってはいるので、物分かりよくしてくれるかも、という期待を抱いていたのだ。

ある意味で賭けではあったのだ。

そして、生憎《あいにく》と代吉は賭けに負けてしまった。

思っていた以上に桜咲に食い下がられ、「一人より二人の方が早いよ！　私は他の特待生の顔も知ってるから役に立つし」と丸め込まれてしまった。

そもそも、代吉が学校側からの雑事を引き受けているのが桜咲の為であるのにこうした事態になっては……本末転倒でしかないのだ。

代吉《だいきち》はなんとも複雑な気持ちだった。

しかし、そうした代吉の胸中とは逆に、桜咲自身が明るい性格がゆえに同級生のことを多く認識していたことから、実際に当人の主張通りに意識調査はさくさくと進んだ。

「次の特待生は……あっ、今の吉田《よしだ》くんが最後だったんだ。代ちゃん先輩、おわったよ！　これ返すね！」

桜咲が差し出したタブレット端末を、代吉はすぐには受け取らなかった。タブレット端末を持つ桜咲の手をただ見つめていた。

どういう言葉をかけるべきか、代吉は迷っていた。

「…………」

「お礼は？」

「…………」

「照れてるのかなぁ？　やっぱり赤《エケ》ちゃ――」

「――助かった。ありがとう。よし、これでお礼の話は終わりだ」

変に煽《あお》られるのも面白くはないと感じた代吉は、反射で適当な感謝を口に出すと桜咲からタブレット端末を奪い返した。

「あっ……もう、素直じゃないんだから」

代吉は桜咲の文句を右から左に流しつつ中身を確認する。一人一人の記入項目に漏れはなく全てが埋まっており、限られた時間でミスがないこの几帳面《きちょうめん》さは、さすがは特待生と思わず唸ってしまいそうになる仕事ぶりだった。

「……完璧だな」

「うんうん。もっと褒めていいよ？」

桜咲が自慢げに胸を張った。

正しいコミュニケーション、というものが仮にあるのだとすれば、こういう時は、もっと褒めたりして相手の気分をよくさせるのが恐らくは常道である。

だが、代吉にそれは無理だった。

「過剰に褒めて貰《もら》いたいなら、俺じゃなくて他のやつに頼むんだな」

「いぢわる……」

桜咲は不機嫌そうに言うものの、別に怒っているわけでもないようで、可愛《かわい》らしいあひる口を作っていた。このような女の子らしい仕草は、普通の男の子であれば「あわわ、そんな意地悪なんてするつもりなかったんだよ～」となるものな気はするし、ある意味で桜咲もそれを期待していたのかもしれないが……しかし、そうはならぬのが代吉だ。

「ところで」

と、代吉は話題を変える。意識調査はまだ終わっておらず、あと一人、まだ未記入の生徒がいるからだ。

桜咲である。

最初に答えずに代吉の手伝いを始めた桜咲の項目だけ、まだ白紙なのだ。

「桜咲自身のがまだ未記入だ。移動中とか、少し空いた時間に自分で埋めてくれてもよかったのに」

「え？　あー……自分で記入するのも、なんだか……ねぇ？」

「自分で記入するのが嫌なら、最初に俺が訊《き》いた時に答えればよかったんじゃないか？」

「うーん……最後がいいなぁって」

桜咲がもじもじする。少しでも長く一緒にいたかったし話もしたかったのだ、とこうして態度で示されては、代吉も強くは言えなくなった。

だが、いつまでも長引かせる、ということもできないのだ。仕事を終わらせる為《ため》にも、全ての項目を埋める必要がある。

「なるほど……まぁなんでもいいが、自分で記入ができないなら、俺が聞き取りをするしかないな」

「う、うん！」

桜咲は瞳をきらきらと輝かせていて、なんとも子どもっぽい表情だった。こういう感じの顔に代吉は意外と弱かったりもするのだ。

子どもっぽさというのは、意識的か無意識的か問わず、「相手に甘えたい、頼りたい」という意思表示であると同時に、そうした庇護《ひご》を受ける必要がある弱さを自分は持っている、ということの開示でもある。

代吉は自分自身の心が決して強くはない自覚があるからこそ、弱い存在であると示されると自分と重ねてしまう部分もあり、無下にするのが難しくもなるのだ。

「立って話をするのも疲れるし……場所を変えるか」

落ち着いて座って話せそうな場所に、代吉はすぐに見当をつけた。校内に幾つかある空き部屋の一つを使えばいい、と。

代吉がそうした場所をすぐに見つけられるのは、ここ半年間ずっと雑事を引き受け続けた副産物でもある。校内の見取り図が頭の中に入っているし、そもそも全ての部屋の鍵を持っているので、好きな部屋に入れた。

「桜咲、あそこの空き部屋に入るぞ」

「えっ、空き部屋……？　つまり……二人きりになりたいってコト⁉」

「変な勘違いはするな。別におかしなことをする気はない。少し疲れたから、というだけだ」

「ちょ、ちょっとくらいなら、おかしなこと別にしても、い、いいけど……って、なんであの部屋が空き部屋ってわかるの？」

「進路相談の為に使う部屋で、普段は鍵がかかってるんだ。今日はどこの学年もそういう予定はなさそうだしな。普通に下校してるのを見るに」

「そうなんだ。でも、それなら鍵がないと入れないんじゃ……」

「鍵なら持ってる」

そう断言して、桜咲に鍵を見せてから代吉は「しまった」と自分の失態に気づいた。空き教室であるという情報だけなら、ただの予測で片付くが、そこの鍵を持っているのはさすがにおかしいからだ。

桜咲がそこに気づかずにスルーしてくれればよいが……等という代吉の願いは届かなかった。

「どうして鍵を持ってるの？？？　っていうか、そういえば、意識調査もなんで代ちゃん先輩がやってるの？」

桜咲が目を丸くしながら詰め寄ってくる。代吉は渋面となる。

「……色々あるんだ。詮索はするな」

「気になる！」

「たまただ」

「そんなたまたまある？」

「…………」

諦める様子のない桜咲《さき》に、代吉は天を仰いだ。自らの愚かさを呪いたくもなった。だが、そんなことをしても事態は解決しないのだ。

代吉はすぐに思考を変え、どうやってこの場を切り抜けるべきか考えに考え、仕方なくではあるがある種の駆け引きをすることにした。

「そんなに気にするなら、俺はもう帰る」

代吉は、桜咲の自分への想《おも》いを交渉の材料とした。もちろん、こうしたことがよくないことは分かっているし、本気ではなくただの方便だ。

本当に帰ってしまえば仕事も放棄することになるし、そんなことが代吉にできるわけもないのだ。だから、そこに気づかれてしまえば、立場はあっという間に逆転する危険も高い駆け引きでもあった。

しかし、桜咲はそうしたことに気づくこともなく、慌てた。想いがあるからこそ、人は混乱して冷静な思考ができなくなる、ということが露《あら》わになっていた。

「や、やだ、それはやだ！　もう聞かないから！」

桜咲は代吉の袖を掴《つか》むと、首をぶんぶんと横に振る。いくら勉強が得意だとしても、方程式の類《たぐい》が存在せず経験がモノを言う恋愛という難題の前では、桜咲もその解き方がわからずにいるようだ。

そして、その一方で……。

こうした駆け引きや難問を出題した側である代吉もまた、桜咲の過剰な反応を見て困惑に襲われてしまっていた。

そもそも、代吉自身も初めて試した駆け引きだし、とっさに考えたものでもある。なんとなく上手《うま》い具合に事は収まるだろう、くらいのふわっとした予想だけを持っており、ここまで取り乱されるのは想定していなかったのだ。

「そ、そんな風にまでなるな……！」

直接的な言葉にせずとも、態度と行動で〝好き〟を隠すことなく伝えてくる桜咲の姿に、代吉の耳に熱が点《とも》った。頬も林檎《りんご》みたいに真っ赤だ。

「だって、だって……！」

「少し考えれば、俺の言っていることを本気にする必要がないことくらい、頭がいい桜咲

ならわかるだろうが！」

「え？」

「意識調査を放って勝手に帰るわけにはいかないし、終わらせて提出しないといけないんだ。だから、桜咲の分もきちんと記入する必要があるんだ。勝手に帰ったら困るのは、俺なんだ」

罪悪感に耐え切れずに代吉が説明すると、桜咲は「あ……そっか」とようやく気づいたようで、安堵《あんど》の表情を浮かべた。

「落ち着いたか？　ほら行くぞ」

「うん……！」

桜咲は目の端に溜《た》めていた涙を拭うと、ひょこひょこと代吉の後を追いかけてくるのであった。

鍵の件も意識調査を頼まれた理由についても、桜咲にはもう聞く気がないらしく、窮地は脱したと言える。しかし、改めて桜咲が自分のことを本気で好いていることを知った代吉の心中は複雑で、嵐に見舞われているのであった。

（なんだか心がざわざわする。気にするな、俺。桜咲もそのうち俺のことを忘れるようになるハズだ。それでいいんだ。それが、いいんだ）

さて、それから空き教室で行われた代吉による桜咲への意識調査は、なんとも言えない雰囲気の中で行われるのだった。

——それで、この学校に入学してから半年……特待生としての成果は……まぁ落ちてないと前に言っていたし、大丈夫そうだなこれは。

——待って待って！　あのね、確かに成績は全然大丈夫だけど、でも、特待生はそれぞれ試験内容とかも分かれてたりするから、本当のこと言うとね、簡単にこなしてるわけでもなくて……。

——努力の範囲内でこなせているんだから、問題なしだ。それじゃ次の項目。

——問題はないけど、そうじゃなくて！

——次の項目は周囲との人間関係について、だな。まぁ、これも特別に支障があったりもなさそうだな。いつも友だちといるようだし、他の特待生の顔も知っているようだし、上手くやれているんだろう。

——うぅ〜！

——唸《うな》るな。人間関係も大丈夫でいいな？

——……揉《も》めたりとかはしたことないし、仲良くやってるけど、でも、それは女の子同士の場合で男の子とかとはあんまり話してないから、だから、全員と上手に人間関係を築けているかっていうとそういうわけじゃなくて……。

——異性関係は問題が起きることも多い、なんてニュースとかでも見るし、別に男の子とはそこまで仲良くしなくていいだろう。

——その言い方……もしかして、代ちゃん先輩は私が男の子に近づくのを嫌がっている⁉　しょうがないなぁ……赤《エケ》ちゃんは……安心していいよ？　男の子は元から苦手だから、近づくとかそういうのないから……ね？

——発想が飛躍し過ぎてるんだよな……。まぁいい。それじゃあ次の項目だ。

桜咲と距離を取ろうと思っていたというのに、それでもこのような機会が訪れてしまった。どうしてこうなるのか、代吉《だいきち》にはよくわからなかった。

ただまぁ、不思議と疎《うと》ましい気持ちにはならなくて、たまにはこういうのもいいのかもしれないな、とは思った。

絆《ほだ》されている……そういう自覚は代吉にもあった。

2

さて、桜咲や椿《つばき》との絡《から》みもありつつ日時は進み――それから次の日曜日のことだ。代吉はふと、今日は何もすることがない、ということに気づいた。

生徒数も多いことから、日曜に出勤してくる教員も多く、人手が必要な時には代吉も頼まれることがあるし、そうではない時も、エレノアから幸子《さちこ》を預かることが多かった。

だが、学校側も色々と今後の予定等《など》の整理がいち段落したらしく、エレノアも普通にお休みを取れたようで、幸子と一緒にお出かけをする、とのことだった。

代吉も家族のようなものだから、とエレノアから当然に誘われたが、親子水入らずに割って入るのも悪い気がしたので「やることがあるので」と嘘《うそ》をついて辞退した。

すると、エレノアは理解を示してくれたのだが、幸子は代吉を連れ出そうと暴れてた。

「だいきち、いっしょにいくぞ！」

「俺はやることがあるからな。幸子もたまにはママのエレノアさんと二人で楽しんだ方がいい」

「やることあるって、ぜったいウソだ！　ママはだいきちのウソに気づかないことおおいけど、あたしはママよりだいきちに詳しいからだまされないぞ」

「なんでそんなに俺を連れて行こうとするんだ」

代吉が呆《あき》れ気味に理由を問うと、幸子はエレノアがお出かけの準備をしているのを横目にしつつ、こっそり耳打ちで心境を明かしてくれた。

「ママな、あたしとふたりきりだと、説教しかしないんだ。でも、だいきちいると、そういうの減るからな」

幸子曰《いわ》く、代吉がいるとエレノアの態度が少し柔らかくなりがちなので、つまり緩衝材とか抑止力として引っ張り出したいそうだ。

自分が楽しく日曜日を過ごすには代吉が必要なのだ、と言われると代吉も些《いささ》か幸子に対しては憐憫《れんびん》の感情が湧くし、多少は甘くしてあげたい気持ちも湧くが、しかし、それが幸子の為《ため》にはならないことにも気づいた。

幸子が自分で解決する能力を養ったり、苦手なことに折り合いをつける方法を学ぶ機会を奪ってしまう、と思ったのだ。もちろん人を頼ることが駄目ではなくて、素直にそれができるようになることも大切ではある。

ただ、時には自分一人でなんとかしないといけない状況を経験して、そうして恐らくは誰もが大人になるのだ、と代吉は幸子の肩をぽんぽんと優しく叩《たた》いてあげたのだった。

「おぼえてろよ……だいきち」

「覚えない」

「きー！」

「行きますよ～幸子～」

エレノアに引き摺《ず》られながら歯ぎしりをする幸子を見送り、代吉は「さて」と今日をどのように過ごすかについて思考を巡らせる。

「寝て過ごすか……それとも外に出るか……」

選択肢は様々であるとして代吉が唸っていると、まるでこちらの状況を見透かしているかのように椿が『今日ひま？』と連絡を送ってきた。

なんという勘――いや、これは勘というよりも、最近になって少しばかり今までよりも距離が縮まった出来事もあったものだから、なんとなく聞いてみる、というハードルが下がって何の気なしに聞いてみた、という感じだ。

しかし、代吉としては今日は一人で過ごしたい、という気持ちで物事を考えるようになっていたこともあって、椿からのこの誘いを丁重に断ることにした。

やることがある、と代吉が手早く返事をしてアプリを閉じようとすると、すぐさま椿から返信がきた。

『けち』

そんな捨て台詞《ぜりふ》が短く紡《つむ》がれている文面であったが、それは椿が無理に食い下がろうとはせずに諦めてくれたことも意味していた。

代吉は、椿のこの返信に反応すべきか否《いな》か悩んだ。しかし、一歩間違えれば椿の負けん気に火がついて強引な手段を取られる可能性もあることから、余計なことはせず、そのままそっとアプリを閉じた。

「さて……」

スマホを仕舞って、それから代吉は再び今日の行動について考え始めた。一度本棚の前に立ち、参考書なども眺めてみるが、そこまで勉強したい気持ちにもならなくて。

それならと気分を変える為におもしろ動画でも探してみようかとも考えるが、そういったものは幸子と見ることが多く、一人ではどうにも楽しめそうにも思えず……。

「出るか……外に……」

家に閉じこもっている方が却《かえ》ってストレスになるかもしれない、と代吉は最終的に決断し、散歩でもして時間を潰そうと外へ出ることにした。

日曜日ということもあり、街は平日よりも人で溢《あふ》れていた。

人混みは苦手で苛立《いらだ》つという人も世間には多くいるが、実は代吉はこうした人混みが嫌いではなくむしろ好きだった。

雑踏の中にいると、自分という存在が世界にとって小さく居場所も狭い、ということに気づかされる。それが心地よかったのだ。

例えるならその感覚は、猫が窮屈な場所に体を無理やりに収めて安心して眠っているものに近いのかもしれない。猫の気持ちは人間にはわからないので絶対にそうだ、とは言えないので、あくまで〝かもしれない〟ではあるが。

代吉は目的を定めず、ぶらぶらと色々な場所を見て回った。時には人の流れに沿ってみたり、またある時は逆らって人気《ひとけ》が少ない方向へ向かってみたり、環状線に乗って適当なところで降りてみたりもした。

気が付けば時刻も午前から午後へと移り変わった。だいぶ暇を潰せたものの、しかし、まだまだ一日は残っている。

と、その時だ。

――あっ、代ちゃん先輩見つけちゃった！　凄《すご》い偶然……運命かも。

代吉はふと視線を感じて、振り返る。すると、一人の女の子がしゅばっと物陰に隠れた。

「…………」

代吉がじーっと物陰を見つめ続けていると、物陰に隠れた女の子はそーっと顔を出してこちらの様子を窺《うかが》おうとして、けれども代吉が自分の方を見ていることにすぐに気づいて、また慌てて隠れた。

一瞬ではあるものの、こちらを窺う人物の顔を確かに目にした代吉は、それが誰であるのかを一瞬で判別できてしまった。

代吉がよく知っている女の子だ。

「偶然俺のことを見つけて隠れた……？」

こういう時は、お互いに見なかったフリをして、そのまま当人同士の日常を改めて送るのが普通だが――ただ、その相手が桜咲《さき》であるのが代吉はどうにも気になった。

桜咲が自分に好意を抱いていることは、代吉も知っている。だからこそ、なんだか嫌な予感がするのだ。

もしも好きな人を街の中で見かけた時……人はどういう行動を取るか？

目で追う者もいれば、場合によっては声をかけてくる者もいる。それは人それぞれであり、中には変わった行動を取る人間だっているのだ。

特に桜咲は恋愛経験がなく、また異性に慣れていないからこそ、少し普通ではない行動を取る可能性が大いにあった。

もちろん、それはあくまで可能性の話であって、代吉がこの場を去るのを見送るだけで終わるかもしれないのだが。

人を疑い過ぎるのがよくない行為なのも分かっている代吉は、ひとまず大人しく散歩に戻ることにした。

しかし……まぁ得てして、事は思うようには運ばぬものである。

3

日曜日の午後の部、と心の中で称して、代吉は少し休息を取ろうと落ち着いた雰囲気のカフェで昼食も兼ねて軽食とコーヒーを嗜《たしな》んでみたり、それから書店に行って新刊コーナーを見て回ったりした。

――なるほど……えーと、食事はあまり重いのは好きじゃなくて、本屋さんに寄ったりすることもある、と。スマホでメモメモ。

そして時々……代吉《だいきち》は不意に振り返った。その度に桜咲の姿が必ず確認できた。桜咲は代吉が振り向く度に慌てて隠れていた。

「っ⁉」

バレていない、と本人は思っているからこそ隠れるのだろうが、代吉の目には毎回しっかりと桜咲の姿が映っていた。

桜咲は偶然の代吉の発見をそのままで終わらせることができず、つまるところ、高鳴る鼓動を抑えきれずに尾行を始めていたのだ。

ついでに、代吉の趣味嗜好まで摑《つか》もうとしている。

このままでは自宅マンションの場所までバレかねない、として代吉もさすがに焦《あせ》り始めた。

(どこかで、俺が尾行に気づいている、ということを分からせた方がいいかもな)

代吉はそう決断すると、どこの街の大通りにもあるような行政が設置した長椅子に腰かけてスマホで地図を開き、自分が振り向いた時に桜咲が隠れられない場所を探し始めた。

気になった場所を拡大して名前を確認して、そこでは駄目そうと思えば縮小して少し移動してまた拡大して……の繰り返し作業だ。

そして、六件目で動物園という表記を見つけた。

動物園は区域間の通路は狭かったりするが、街中のように密集した建物群等もないことから、開けたスペースに出さえすれば隠れられるような逃げ場が少なくなる。

もちろん、一部の檻《おり》ではなく柵になっている場所を飛び越えて動物に迷惑をかけながら逃げる、ということもできなくはないだろうが……。

ただ、根が真面目な桜咲がそこまでするわけがない、という確信が代吉にはあった。

だから、ここがいい、と代吉は思った。

決断したのであれば行動は早い方が良い、と代吉は動物園へ赴いた。すると、動物園の入口からも見える檻の一つに、妙にイケメンなゴリラが入っていて、代吉を見て腕組みをして「ホッ」と鼻で笑ってきた。

なぜゴリラに笑われたのかはわからないが、まぁ動物と人間は違う生き物であるし、単なる気のせいという可能性もある。

ともあれ、代吉は入園料を支払って中に入る。すると、近くにいた動物園のスタッフから、「餌やりが可能な動物の餌はどうですか」と勧められたので、折角なので一番安かったマーモットの餌が入った袋をなんとなく購入した。

袋の中身をちらりと見ると、普通に人間の食用にもなりそうなビスケットだった。

「マーモットとやらは、これを食べるんですか？」

「マーモットちゃんはビスケット大好きですから！　あとお野菜も！」

「どんな動物なんですか？」

「げっ歯類なので、まぁ、でかいネズミですね。カピバラみたいな可愛《かわ》い子ちゃんです」

その説明で、どんな生物か代吉にも想像がついた。なんとなく可愛らしい感じの生き物、ということだ。

余談であるが、代吉は動物がわりと好きだったりする。人間のように関係が拗《こじ》れて面倒くさいことにならないし、ご飯をあげるだけで嬉《うれ》しそうにして懐《なつ》いてくれるからだ。

なので、飼ってみたい、と思う時もあったりした。

ただ、普段わりと忙しくしている自分がきちんと面倒を見てあげられるか、というと難しい気もしたので代吉は諦めているのだ。

代吉は、動物園の中に入ってすぐ目の前にある噴水脇に設置されていた地図看板を眺めて、マーモットがいる場所を確認する。

餌やりができる動物、ということもあってか、わりと開けた場所にそのコーナーはあった。

桜咲と向かい合うには丁度よい感じの場所であった。

代吉はてくてく歩いてマーモットのもとへと向かった。

その途中、沢山の来園客とすれ違った。

日曜日ということで親子の姿が特に多かった。

——ライオンさんだ！

——カッコイイなぁ。強いぞライオンさんは。

——まったく二人してはしゃいで……ただのデカい猫でしょライオンなんて。ペンギンの方が可愛いじゃない。

模範のような楽しそうな親子たちの姿を、代吉は少しだけ羨ましく思った。

どの家庭だって普段の生活では喧嘩《けんか》をしたり、怒ったり怒られたりもあるのだろうけれど、それでも、時にはこうした一家団欒《いっかだんらん》がある——それを、自分はもう手に入れることができないからだ。

ただ、それはない物ねだりなのであって、逆に代吉のことを羨む人間も探せば世の中にはいる。

例えば、同世代の普通の家の子に多そうだ。

親がいないから自由で、多少は遺産もあって、美人な女性が後見人をしてくれて……と。

代吉がどのような心境なのかであったり、一連の経緯は深い傷を負うこともあるものだとか、そうした部分は考慮しないものだ。

　だが、それは代吉にも言えることであった。すれ違う親子を羨むのも同じようなことで、代吉にはわからない大変さが相手にもあるものだ。

　代吉はマーモットの群れを見つけると、近くの看板の『――餌やりご自由にどうぞ※園内で購入したマーモット専用のご飯限定』という文字を確認してから、ゆっくりと近づいた。

　むぐむぐ歩くマーモットは、確かに小さめのカピバラのような姿をしていた。

　そんなマーモットも動物なだけあって嗅覚は鋭いらしく、代吉が持つ餌の匂いに気づいてしゅばっと立ち上がってこちらを見た。

「おっ……」

　マーモットは前脚を下ろして四足歩行ですすすっと代吉に近づいてくる。そして再び立ち上がり、代吉の脚をたしたしとその小さな手で叩《たた》いてきた。

　なんというか、結構、思っていたよりも個性的な生き物である。

　予想の斜め上のこの動物に代吉が困惑していると、マーモットは雨後の筍《たけのこ》がごとく次々に現れ、代吉の脚を四方八方から叩いてきた。

「餌をくれと言っているのか？」

代吉が問い掛けると、一匹のマーモットが「ぴぃー！」と鳴いた。

欲しい……ようだ。

代吉は袋を強奪されないように持ち上げ、その中からビスケットを一個だけ取り出すと、そーっとマーモットたちの鼻先に近づけた。

——ぴぃー！

一番素早かったマーモットが、奪うように代吉の手からビスケットを取った——かに思えたが、次の瞬間、別の個体が手を突き出した。ビスケットを持つマーモットの肩を攻撃して強奪したのだ。

——ぴ……。

——ぴー！

そして、ビスケットを奪われた事実に一瞬だけ呆然《ぼうぜん》とした被害者のマーモットが、すぐに状況を把握し、「なにすんねん、お前」とでも言うかのように、窃盗犯の肩をどついた。

それはさながら、行列のできるラーメン店に平日昼に並ぶくたびれたサラリーマンのおじさん同士の肩がぶつかり、それが元で喧嘩も始まり、『お前の方からぶつかったろ』『いやお前がぶつかってきた』と互いの肩を押し合い始めた時のような、そうした場面に非常に似ていた。

なんとも人間くさいこの生き物に、代吉は言葉にできない哀愁を感じつつ、この喧嘩が伝播《でんぱ》しないように気を使う必要があることにも気づいた。

「全員に平等にな……」

代吉は、全匹にビスケットが行きわたるように枚数を数え始めた。すると、少し数が足りないことがわかったので、半分に割る等して調整した。


――ぴぃー‼


代吉からビスケットを受け取る度、マーモットたちは鳴いた。

恐らくはお礼を言ってくれているのだと代吉は感じつつ、ビスケットを齧《かじ》るその生き物たちを見つめた。

おじさん臭い動物ではあるが、こうして食べているところを見る分には随分と愛嬌《あいきょう》がある。

動物園のスタッフはマーモットを可愛いと評していたが、その通りではあった。

「ははっ……可愛いもんだ。動物ってのはいいな」

代吉は微笑《ほほえ》んだ。

そして、

——代ちゃん先輩、動物に優しいんだ。きゅん、ってする。

勢いよく振り向いた。

物憂《ものう》げな顔で人差し指を咥《くわ》えて代吉を見ていた桜咲《さき》は、まさか気づかれているとは想像もしていなかったのか慌て、すぐに隠れようと左右を見ていた。

だが、左は見晴らしがよい芝生で、右がピューマの檻で、つまり隠れる場所は存在していなかった。

「ひ……」

桜咲はごくりと唾を飲み込むと、一歩、また一歩と後ずさった。代吉はそれに合わせるようにして、一歩、また一歩と桜咲に近づいた。

二人の歩数は同じだが歩幅は代吉《だいきち》の方が広いこともあり、距離はどんどん縮まっていった。

「奇遇だな」

「だ、代ちゃん先輩……」

「どうした？」

「な、なんか今凄《すご》い勢いで振り向いて……」

桜咲は半分涙目になっていた。少し怖かったようだ。

「も、もしかして気づいて……」

「その通りだ。気づいていた」

尾行はバレていた、ということを代吉から告げられた桜咲の顔が青ざめていった。

「ちゃんと隠れてたのに……」

「普通にわかったぞ」

桜咲があわあわと口を震わせた。

少しばかり過剰な桜咲の反応に代吉は気づき、落ち着かせる為《ため》に一度肩を摑《つか》もうとして手を伸ばすが……判断が少しばかり遅かった。

「い、いやぁああああ‼」

桜咲は踵《きびす》を返すと叫びながら駆け出した。代吉は慌てて追いかけるが、しかし、人混みがその追跡を阻《はば》んだ。

男子高校生の体格である代吉が半身になって人を避《よ》けながら進む必要がある一方で、胸の大きさのわりに意外と小柄な桜咲は、人々の隙間を縫って素早く動いて逃げている……そうした状態ゆえに、二人の距離はどんどん開いていった。

それでも、代吉は入口まではなんとか桜咲の姿を視界に捉え続けていた。

だが、このまま園の外に出られてしまうと完全に見失ってしまう――と、代吉が諦めかけた時だ。

「く、くそ……へ？」

パニックになって走り続ける桜咲が、死角から走ってくる男児に気づけず、そのままぶつかって体勢を崩しかけた。

今日は日曜日で親子の来園客が多い、というのが代吉にとっては幸いで、桜咲にとっては災いであったようだ。

そして、とうとう体勢を完全に崩してしまった桜咲の傍《そば》には、代吉も入園の時に見た入口の噴水があり……。

「んぎゃ！」

桜咲は女の子とは思えない声を出しながら、顔面から噴水に突っ込んだ。

「いてて……前見て走れよ……って、やべ……」

桜咲とぶつかった男の子は、自分とぶつかった人物が噴水に落ちたことに気づくや否《いな》や、遁走《とんそう》した。

自身の親に見つかれば怒られるし、被害者の桜咲に自分の存在が見つかれば捕まって謝罪を求められるかもしれない、という由々《ゆゆ》しき事態から逃れようとするその姿は、ある意味でとても子どもらしいと言えた。

男の子をまずは捕まえるべきか、それとも先に桜咲を救出するべきか——そんな二択が代吉に突きつけられる
そして、代吉は迷うことなく、桜咲を助けるべきとして慌てて噴水の中に入る——のだが、噴水は浅かったらしく、桜咲がむくりと上体を起こした。

無事そうでよかったと代吉はホッとしつつも、改めて桜咲を噴水から引っ張り出そうと手を伸ばした。

だが、それと同時に桜咲が大泣きを始めた。

代吉はびっくりして硬直した。

「やだぁ……！　なんで……！　なんでこうなるの？」

その言葉を言わせてしまったのは自分だ、という自覚が代吉にはあった。

桜咲がこちらに近づこうとしているのを毎回自分が拒絶するから、それがこのような事態を引き起こした原因の根本にある、ということを理解できてしまっていた。

今日だって変に桜咲を驚かせる必要なんてなくて、ただ普通に話しかければよかったのだ。それをしなかったのはなぜか？

代吉は気づいていた。

普段は大人ぶっていても、自分は幼いままなのだ、と。

自らの気持ちを成就《じょうじゅ》させる為に努力する桜咲の方がずっと大人で、こちらの気持ちや背景に敏感で言葉を選ぶ椿《つばき》の方がしっかりしている。代吉はそう思ったし、自らの幼さを認識して向き合う必要を今まさに感じてもいた。

それは、小学生が夏休み残り一日となった時にまだ残っていた宿題と向き合うような感覚にも似ていた。

両親を亡《な》くしたあの事故を目にした瞬間から、それに囚《とら》われ、ゼンマイが壊れた柱時計のように自分がその時のままで、当然に幼さも同じように代吉は抱き続けてきてしまっていた。

だが、もう五年だ。

それだけの時間が過ぎたのだ。

そろそろ、受け入れようと代吉は思えるようになっていた。

「……ほら」

だからこそ、代吉は未《いま》だ泣き喚《わめ》く桜咲に手を差し伸べた。時計の針は進めなくてはいけなくて、桜咲から逃げるのはもうやめようと、そう思った。

「え……?」

「手」

「あ、ありがと……」

桜咲は代吉の手を取った。

少しだけぷにっとしていて、細くて、柔らかくて、そんな桜咲の指先が自分のゼンマイを回してくれたような気がした。

爽やかに文学的に表現するのであれば、チクタク、チクタク、と自らの秒針が動き出した——といったところだ。

まぁそれはいいとして。

安堵《あんど》の笑みを浮かべる代吉は、つい、桜咲の胸元へと視線を向けた。

可愛《かわい》らしい模様入りの白のブラウスが肌にぴったりと張り付いており、そして下着が透けて見えていた。

代吉は、デフォルメされた犬の絵が描かれているなんとも子どもっぽい桜咲の下着に変な驚きを覚えて凝視してしまった。

小学生とかの水着ならばあるいは、という気もする柄であり……高等部という十代も半ばの歳《とし》の女の子が着ける下着ではない、ということくらいは代吉にもわかった。

代吉の感覚は恐らく正しく、桜咲は無理をして着けているようで、ぱつぱつになって生地が引き延ばされ、描かれている犬が可哀想《かわいそう》にも見える状態となり果てている。

その柄でその胸の大きさに見合うサイズがなかった——つまり、本来はもっと幼い子用のそれ、というわけだ。

ちなみに、濡《ぬ》れているせいで水滴も流れ、それが犬の目に落ちる度に泣いてるようにも見える。

「代ちゃん先輩……？」

「………」

「どこ見て……や！　いや！　子どもっぽいの着けちゃってるの見ないで！」

桜咲が代吉の視線の先に気づいて、両腕で胸を隠してぶんぶんと首を左右に振り始める。

代吉は慌てて弁明を始める。

「いや、違う、別におっぱいは見て……」

「今おっぱいって言った！　見たからそーいう言葉出てくる！」

「桜咲が腕で隠すから、そこ見られたって思ったのかなって……」

なんとも上手《うま》い言い訳が代吉の口からは出てくるものである。原因は桜咲の行動にある、とそれっぽい理屈を即席でつけた。

まぁ、今まで自分自身にもウソを吐《つ》き続け、誤魔化し続けた男の子が代吉だ。人が傷つかない為の、そして傷つけない為のウソは得意なのだ。

「ほんと？」

桜咲は代吉の言葉もその通りではあるかもしれないと騙《だま》されつつあるようで、上目遣いでそんな最終確認をしてきた。

「俺を信じろ。見てない」

本当はばっちり見てしまっているのだが、代吉は「見ていない」と力強く頷《うなず》いた。一点の曇りもないその受け答えに、桜咲も疑うのをやめたらしく安堵の息を吐いていた。

「そ、そっか。よかった」

「そうだな、よかったな。ただ、そのままだと風邪引くだろう。もう夏でもないんだ。事情を説明して動物園のスタッフに服を借りに行くぞ。ほら立って。……着替えるまで、これで我慢してくれ」

代吉は自分の上着を脱ぐと、寒さで震えながら立ち上がる桜咲にかけてあげた。桜咲は嬉《うれ》しそうに代吉の上着をぎゅっと握りしめた。

「……うん。あ、でも、濡れちゃうから着替えても代ちゃん先輩の上着すぐ返せない……ちゃんとお洗濯しないと」

「別にそんなの必要ない。帰ったあと捨てればいい」

「駄目だよ！」

桜咲はどうしても代吉の服をそのままは返せない、と言い出した。代吉は一瞬「なんでだ？」となったものの、しかし、すぐに理由に気づいた。

桜咲は、これが二人の繋《つな》がりをもっと深くできるアイテムになるかもしれないと、そう考えているのだ。

少しだけ自分を見つめ直し、前を向けるようになっていた代吉は、たまには状況に流されることがあってもいいのかもしれない、と思った。

「そうか、そうだな。返して貰《もら》うか」

「う、うん！」

「ただ、いつ返して貰えそうか……俺も都合とかあって学校でいきなり渡されても持ち帰れないかもしれないしな。連絡を貰えるようにするか」

代吉のそうした提案に、桜咲《さき》が目を輝かせて鼻息を荒くする。

「それって――!?」

「連絡先を交換しよう」

「!?」

「駄目か?」

「い、いいよ! どんどんいいよ!」

桜咲は本当に嬉しかったようで、すぐにスマホを取り出した。

ひと昔前ならばスマホが濡れたことで故障してしまいまた次の機会、という事態になっていた可能性もあったかもしれないが、昨今は性能がよい防水が標準装備なのだ。

だから、そんな恋愛漫画のような引きは起きず、とんとん拍子に進んだ。

「えっと、チャットのIDと、ショート動画と画像投稿とつぶやきのそれぞれのアカウントのDMと……最近使わないけど、でも念のために電話番号とメールアドレスも……」

「な、なんかいっぱいだな。俺が入れてないアプリとかもありそうだが」

「代わりに入れてあげる! 貸して!」

桜咲に促されるままに、代吉《だいきち》はスマホを渡した。桜咲が入れているアプリと同じものが、次々に代吉のスマホにＤＬされていく。

「こんなに沢山……混乱しないのか？」

「普通に混乱するよ……だから、私は全部アカウント一つしかもってないし、実際よく使ってるのはチャットと、あとすぐに見て消費できるショート動画のアカウントくらいだし」

「じゃあ俺たちが連絡先交換するのもその頻繁に使うのだけとかにして、シンプルにしないか？」

「駄目。あんま使ってなくても、他のも一緒にしないと」

「理由は？」

「その方がいいもん。絶対いいもん」

桜咲は『そうした方がいい』と繰り返すが、理由については決して答えようとしなかった。代吉にはよくわからない感覚ではあった。

まぁだが、これも桜咲に自分からも近づくと決めた代吉の行動の結果であり、良いも悪いもどちらも等しく自分に返ってくる〝因果応報〟というやつだ。

受け入れる他にないのである。

まぁそんなわけで、動物園側への説明を終えて、女性用スタッフの作業着と脱衣所を借りて着替えて出てきた桜咲を代吉は家まで送るのであった。

色々あったせいで時間も過ぎており、夕日も見えていたし、桜咲が「送って欲しい」と言うので代吉も了承しての送りだ。

「あのアパートの202号室なんだけど……ちょっとぼろぼろな感じだけど、でも代ちゃん先輩はそういうの馬鹿にしない人ってわかるから……おうち入る？」

桜咲はもじもじしながら、窺《うかが》うように覗《のぞ》き込むように代吉の表情を気にしてくる。桜咲としては、送って貰ったから労《ねぎら》いも込めて何か飲み物でも、みたいなノリのようだが、代吉は——二階部分の部屋全てに明かりがついていたことに、目ざとく気づいていた。

要するに、桜咲の家族がご在宅なのだ。

それが問題だった。

付き合っているわけでもなく、親戚でもなく、どこの誰とも知らぬ男の子が「どうも」なんて言って家に上がってくるのは、普通に親として嫌だろう、という結論に代吉は至っていた。

「明かり点《つ》いてるし、ご両親がいるんだろう？」

「え？　あー、うん、いるみたいだね？」

「他人で男の俺が、この時間に『お邪魔します』とか入っていったら、びっくりされるだろ。どう考えたってなる」

「うーん……今日の今くらいの時間だと、お父さんは夜勤とかに行っちゃった後だし、多分いるのお母さんだけだから大丈夫だと思うけど」

「それのどこが大丈夫なんだ。片方だろうがご両親がいる事実は変わらん」

「お母さんには、代ちゃん先輩のことゆってるしなぁ……」

「え？」

「学校でいっつも私のこと見てくる先輩いて、悪い人じゃないっぽくて……とか話してたら、『青春じゃない。いいんじゃない？　あの学校の生徒なら。いけいけ』って」

それは代吉が想像もしていなかった事態だった。思わず冷や汗が浮き出る。だがしかし、俯瞰《ふかん》的に見れば別におかしくはない、ということにも代吉は気づく。

代吉の通う学校は、特待生が二割、上流階級出身の子が残り八割。つまり、特待生であれば将来性があるし、それ以外でも上流階級の家の誰かとなる。

要するに、実家の太さ、家柄、当人の能力、そのいずれかが問題ないということが確定しているのだ。

まぁいくらそれらがよくとも、性格等が極端に悪ければ心配もするのだろうが……桜咲の普段の性格を鑑《かんが》みるに、凄《すご》くよい言葉ばかりを並べているのも想像はついた。

勉強ばかりで純粋で恋愛を知らなかった娘が、特定の異性に興味を持ち、「いい人だと思う」と言うのだから信じよう、となってもおかしくないのだ。

桜咲の言い方から察するに、少なくとも母親については、長期的な目で見て娘が幸せになれる確率が高くあることから背中を押しているようだ。

ただ、この話には抜けている部分がある。

代吉の気持ちだ。

ようやく今になって一歩前に進もう、となれたのが代吉だ。そんないきなり交際がどうこうまで考える余裕などないのだ。

あくまで、桜咲を避けるのはもうやめようと思ったに過ぎないのである。そういうわけなので、代吉は両手を振って丁重に断った。

「いや、もう夜だからな。やめた方がいい。さすがに時間がな」

「そう?」

「ああ、まぁなんだ、また機会があればな」

「そっか。そういう機会……また……だから、今日が最後とかじゃないもんね」

その時が来るか来ないかは代吉次第なので、代吉のみぞ知る、という感じだが……代吉はそれを桜咲に伝えるのも野暮であるとして、桜咲が家に入るのを見届けつつ帰路につくのであった。

4

代吉が自宅マンションに帰ると、幸子《さちこ》とエレノア親子と遭遇した。丁度帰宅の時間が被《かぶ》ったようだ。

代吉は二人に声をかけようとしたが、何やら雰囲気が妙に重苦しかったこともあって、思わず足をとめてしまった。

「幸子……ワタシは怒ってますからね？」

エレノアが眉根を寄せて目を細め、明らかに怒っている表情で幸子を睨《にら》みつけている。

「ママ……おこんないで……」

幸子は怯《おび》えた顔でぷるぷると震えながら両手で頭を隠しており、なにやら色々とあったことが窺える。

まぁ少し聞こえた会話の雰囲気的に、大体の見当は代吉にもついたのだが……。幸子がエレノアに怒られるようなことをしたか言ったかだ。

いつもならば幸子に助け船を出す代吉だが、今日は桜咲とも色々とあったので少し疲れており、早めに休みたい気持ちが強かった。

代吉は親子喧嘩《げんか》に巻き込まれないよう、そぉーっと音を立てずに、抜き足差し足で玄関まで近づく。

だが、ふいに顔を上げた幸子と目が合ってしまった。

「げっ」

「だ、だいきちー！　たすけろー！」

幸子は目尻に涙を溜《た》めながら、猛ダッシュで代吉の脚に縋《すが》り付いた。それを見たエレノアが「ぬぬぬ」と目を丸くした。

「か、帰ってきたですか、代吉」

「えーと、その、今さっき」

「だいきち！　だいきち！　ママがあたしのことといぢめる！」

幸子が話を大きく言っているだけなのは代吉とてわかっているが、こうも抱き着かれてしまっては助ける他になかった。

代吉はなんだかんだと幸子に甘いが、その理由の一つに、幸子にはエレノアしか親がいないということを長い付き合いの中でよく理解しているから、というのもあった。

普通の子は片方の親と何かあった時、仲が拗《こじ》れてしまった時にもう片方の親に仲裁して貰《もら》うこともできるし、場合によってはそもそも事前に夫婦で役割分担もしているものだが、幸子にはそれがないのだ。

エレノアから怒られたり嫌われた時、逃げる先がないのだ。助けてくれる人がいないのだ。

ただ一人……代吉を除いて。

だから、代吉は最終的には幸子の味方になることが多かった。

自分もまだ子どもである、と自覚したばかりである代吉だが、まぁ幸子については慣れてしまっている。

「幸子はこう言っていますが……そうなんですか？」

「ち、違います！　代吉も幸子が悪いの、知ってるハズです！」

「まぁその、幸子が何か不用意な言動をした可能性があるのはわかりますが、ただ、話を聞かないと……」

「幸子が、電車でお爺《じい》さんにぶつかって、謝らなかったです！」

「あやまったよ！　ママみてなかっただけだよ！　おじいちゃん『いいよいいよ』っていってたじゃん！」

「幸子、いつも駄目なことするですから、ウソ言ってるかもです！」

どうやら、そういうことのようだ。

幸子の普段の行儀が悪いせいで、エレノアはどうにも幸子を信じきれずに怒っている、とそういう話だ。

だが、代吉は知っている。確かに幸子は調子のよい子ではあるが、謝れない子ではないし、ウソを言うような子でもないのだ。

代吉は涙を流している幸子の頭をぽんぽんと撫《な》でてあげると、

「大丈夫ですよ。幸子はウソを言っていません」

「な、なんでわかるですか？」

「自分で言うのもなんですが、幸子と一緒に過ごした時間だけなら俺の方が長いです。俺に幸子を頻繁に預けているエレノアさん自身がそれはよくわかっているハズです」

「…………」

「幸子は確かに調子がいいですし、適当なことを言うし、ママのおっぱいデカいとか言ってますけど」

「だ、だいきちぃ！　うらぎったのか⁉」

「さ、幸子、そんなこと言ってるですか⁉」

「最後まで聞いてください。大事なのはそこではありません。確かにそういう風に言うけれど、でも、決して悪い子ではありません」

代吉《だいきち》は微笑《ほほえ》みを幸子に向けた。幸子は自身の言動をバラされたことに目を丸くして唖然《あぜん》とした顔をしていたが、しかし、エレノアは下唇を噛《か》んで俯《うつむ》いた。

「……………」

「いい子ですよ。エレノアさんが迎えに来れないことも『ママは大人だから仕方ないんだ』と言って、ママじゃなきゃ嫌だとか、そういうことも言いません。信じてあげましょうよ、自分の可愛《かわい》い娘じゃないですか」

代吉がそう告げると、エレノアは瞳を潤ませながら幸子に近づき、ぺたんと座りこむと縋り付くようにして抱きしめた。

「幸子……ごめんなさいですよ。ママの学校でも近いうちに学祭あるですから、準備とかで忙しくなるからその前にお休みですよっていうのが今日で、だから幸子の学芸会の方に今年は行けないですから、一緒の時は少しでもママしなきゃって思ったんですよ……」

幸子は目を丸くして代吉を見上げた。

「ママがあやまったぞ。あたしのいうことは信じないのに、だいきちのいうことはすぐ信じるんだよな……ママ」

「日ごろの行いの問題では？」

「なにもいいかえせませんな。てか、ママのおっぱいがデカいってあたしがゆってたこと、バラすひつようあったか？」

「事実だろ。あと、そういう幸子でも根はいい子だよっていう、そういう話だから必要。……ところで」

理由を説明されても自身の言動をバラされたことに納得がいかないのか、例えるなら〝ぬーん〟という擬音が適切な表情になる幸子に、代吉はこっそりと耳打ちで話を続ける。

「どうでもいいが、本当に謝ったんでしょうね、幸子さん？　俺をウソに加担させてないよな？」

「あやまったよ。ほんとに。ママぼーっとしてたからみてなかったんだよ」

「ぼーっとしてた？」

「うん。なんか、ふつーの親子みてた」

「普通の？」

「そう。パパとママと手繋《つな》いでる子どもみてた」

エレノアも、あるいは幸子に父親がいないことを気にしているのかもしれない、と代吉は思った。きちんとママをしなきゃと気を張っていた、とエレノアが今しがた言ったのも、それが関係していそうだ。

見方を変えれば、エレノアは幸子の父親になってくれる人を心のどこかで求めていて、だから普通の親子連れを羨ましく思ってつい眺めてしまった……そういう可能性もある。

だが、いずれにしても、それらはエレノア本人しかわからないことだし、人の心には不用意に踏み込むべきでもなかった。

それは付き合いの長い人間も例外ではないし、本当の家族であっても同様だ。

だから、代吉は察していても何も言わないし、幸子も恐らくそうで、勘《つ》づいてはいるのだろうがそれでもエレノアの弱い部分であるそこを突くような悪態だけは吐かないのだ。

ところで、なんとも気になることをエレノアが言ったな、と代吉は思案する。学祭が近いのは知っているし、それに伴って学校側からの依頼も増えるのだろうな、という推測を立てたのはさておいて。

それではなく、幸子の学芸会の方だ。

親子喧嘩を仲裁して貰った直後に自分に代わりを頼むのはエレノアも気を使うだろうな、と感じた代吉はその心情を慮《おもんぱか》って先に切り出すことにした。

幸子は一人でも気丈には振る舞うだろうが、それでも、悲しい思いをするのも確かだ。

どこの家の子もなんだかんだ片方は親がくるであろう中で、幸子だけ誰もこない、となったら悶々《もんもん》とするに違いなかった。

なので、代吉はエレノアが幸子を抱き抱えて少し落ち着いたのを見計らって、

「エレノアさん」

「ぐすっ……ど、どうされましたか？」

「幸子の学芸会ですけど、俺が行きますので」

「い、いいのですか？」

「ええ、大丈夫ですよ。何も気にせず、いつものように頼んでください」

代吉が優しくそう告げると、エレノアは嬉《うれ》しそうに涙を拭って笑顔になった。

「自分から……ありがとうですよ。それじゃあ、お願いしますね。……幸子よかったですね。代吉は幸子のパパですね」

これにて一件落着、といったところだ。幸子がエレノアを心配そうな目で見ていたことを除けば、だが。

「ママちょっと変になってるな……だいきちはだいきちで、パパじゃないぞ……」

エレノアの言葉に深い意味はなく、父親の役回りをさせている自覚があるからこそつい出てしまった類《たぐい》のもの、と代吉は簡単に想像がついたので、「変になっているわけではないと思うが」とだけ幸子に返して、自分の部屋に戻るのであった。

5

日は進み、徐々に学祭なる行事が近づき始めていた。それが影響して、少しずつだが、代吉も学校からの依頼が増えてきた。

学祭で使う消耗品や小道具、それに出入りする業者関連の確認など、諸々《もろもろ》の用件が増えてにわかに忙しくなってきた。

ただ、代吉や教師陣はこうしてせわしくなっているが、生徒の学祭への熱の入れようについては、各々《おのおの》で違う様相を見せていた。

それは、参加不参加が自由だから、である。

万が一にも不参加が多数となって催し物がゼロ、となるのを避ける為《ため》というのと、あとは世間一般の感覚を知る為の行事でもある、という点で高等部と中等部の一年生の各クラスはなるべくやるようにというルールも一応はあるが……。

ただ、あくまで何かをやっているという体裁《ていさい》だけ取れればよいという側面もあって、一年生でも不参加という生徒もいたりするのだ。

もちろん、二学年や三学年であっても、やる気があって一丸となっているような、そうしたクラスもあったりはする。

ちなみに、代吉個人は去年不参加だった。

普通の世間の感覚を学ぶ、という建前については、そもそも代吉自身が出自のわりに生活感があるので、いまさらそれを学ぶ必要など特にないと思っていたのと、あとは単純に周囲と協調して何かをする、ということが苦手だったからだ。

準備にはクラスメイト同士の協力も必要不可欠で、そんな中に影が薄く特に仲がいい相手もいない自分が混じったら和を乱してしまう、と思ったのである。

とにかく、学祭はそんな感じで、椿《つばき》や桜咲《さき》は友だちが多いこともあって参加者側であるらしくそちらで忙しいのか、代吉の前に姿を現して引っ掻き回してくることも減った。

ただ、連絡だけは二人とも送ってきた。

桜咲は朝と夜に「おはよ♥」「おやすみでちゅよ、赤《エ》ちゃん《ケ》♥」等《など》というチャットを飛ばしてくるようになった。

椿は「どうせ不参加なんでしょ？　じゃあ中等部の準備手伝いに遊びにきて〜」等と言ってくる。

こうした連絡にどう反応すべきか、代吉は迷った。極端な反応を見せれば、どちらもそれを面白がってくるのだけは簡単に想像がつくのだが……。

そうしたやり取りにも少しくらい付き合ってもいい、という気持ちは今になればこそ代吉も抱けてはいたが、ただ、そうした余裕がないのも事実だった。

学祭に伴って学校側からの依頼も増加傾向にあったし、それに、幸子《さちこ》の学芸会のことだってあるのだ。

代吉はしばし悩んだ後に、「そうか」と薄い反応を返しつつ、最近の自分は忙しいので既読だけになる、と事実を伝えて難を逃れることにした。

ただ……忙しさの詳細を省いたことから、桜咲と椿に少し変な勘違いをさせてしまったようで、「恥ずかしがってる？」「こっちから会いに行ってあげようか？」等とからかうようなチャットも飛ばされたのだが……。

だが、代吉が有言実行で既読だけで済ませ始めると、さすがに本当に忙しいのだと理解したらしく、徐々に頻度は減り始めた。

代吉はどうにかやり過ごせそうだと安心感を抱きながら、本日の昼休みも、各クラス毎《ごと》の催しの外部的な補助にまつわる些事《さじ》をこなしているのだった。

「何か大きなオブジェを持ってきて飾るクラスもあって……それで、搬入経路の指示書を作れと……普通の学校は多分クラス単位でそんなものは用意しないと思うんだが……でも俺も普通の学校のことは知らないからな……」

時折変な感じのクラスも散見される度に、こうしたものは趣旨から外れているので再考をお願いします、と赤字を入れるかどうか代吉は迷った。

だが、該当のクラスの担任教師が計画のやり直しをさせなかったのだから、恐らくは大丈夫という判断なのだろうと思い、余計なことはせずにスルーすることにした。

藪蛇《やぶへび》も蜂の巣も突《つつ》かない方がよい、というのが世の中の常であり、代吉も別にそういったことを調査するのが仕事な人間でもないのだ。

なので、特に文句もつけずに搬入経路を策定し、現地確認もし、記入を終えて終わらせた。

昼休みを無事に終え、代吉は欠伸《あくび》をしながら教室へと戻る。

すると、一体全体どういうわけか、代吉のことをじーっと見てくるクラスメイトがいて、その中の一人の男子がなにゆえか話しかけてきた。

「ザコ、ちょっといいか？」

代吉が「？」と振り向くと、男子は人差し指で代吉の髪の毛を触ってすぅーっとサイドに流した。

「おっ……中々にお洒落《しゃれ》さんだな？」

いきなりの髪型評価に、代吉はなんだか気持ち悪くなり、嫌な汗が滲《にじ》み出てくる。

「なんだよ。触るな」

「いやいや、なんかおかしいなーって少し前から思っててな」

「髪型が？」

「いや、それは普通にかっこいいと思う」

「あ、ありがとう」

代吉《だいきち》はナチュラルさのあるお洒落な髪型だったりするが、これについては代吉の好みではなく幸子の指定だったりした。

幸子が前にネットの配信動画の限定ドラマで見た俳優を気に入り、代吉に「だいきちの次の髪、これとおなじのにしてね」と押し付けてきたのでそうなったのだ。

基本的に代吉の髪型や私服を選んでいるのが幸子だ。

代吉自身は特に拘《こだわ》りもなく、まぁ幸子が楽しそうなので別にいいか、と言われた通りにしていた。

「まぁなんだ、俺が聞きたい本題は髪型じゃなくてだな……お前が中等部の女の子から絡《から》まれてるの見たことあって、あれ山茶花《さざんか》家のお嬢だろって思ってな。ほら製薬会社の。可《か》愛《わい》いお嬢だ一回見たら忘れん」

「山茶花……椿のことか？」

「椿って……下の名前で呼ぶ関係なのか？　許嫁《いいなずけ》とか？」

どうやらこの男子は椿を気にしているようだが……まぁ、椿を気にする男子がいるのは、そうおかしな話でもないので代吉も驚きはしなかった。

椿は普通に可愛い部類の女の子であるというのに加えて、そもそも山茶花家が財界の末席には名を連ねているが家格は高くない、という良くも悪くも上流階級と一般家庭のどちらからも親近感を抱かれやすい家柄であるからだ。

要するに、椿は双方の男の子から近づきやすいと思われる女の子なのだ。だが、そんな椿にはなんだか男の影がチラついており……それが代吉、というわけだ。

もっとも、佐古《さこ》家と山茶花家が親戚、という情報は調べようと思えばわりと簡単に手に入ることであり、代吉も隠しているわけではないのだが。

「下の名前で呼んでいるのは、従妹《いとこ》だからだ。それだけだよ」

代吉はそっけなく答えて会話を終わらせようとした。しかし、目の前の男子は会話を終わらせる気がないらしく、矢継ぎ早に質問を投げてくる。

「そうなん？　縁戚か。なるほど……それなら、まぁ兄妹《きょうだい》みたいな距離感になる時もあるか。そういや、山茶花のお嬢以外にも、つい最近だと、一年の特待生の可愛くておっぱいデカくて有名な花曇《はなぐも》って子もお前のこと見にきて——いでてで！」

代吉が苦笑していると、近くにいた女子が男子の耳を引っ張った。代吉がウザ絡みされている、と思って助けてくれたようだ。

「なに変な絡み方をしてんのよ。佐古くん困ってんじゃん。あんたさぁ……自分家《ち》がまぁまぁ太いからってオラつきすぎなんだって」

「いや、だって、年下からなんでそんな好かれるのか不思議だから、こいつに何か秘密があるんじゃないかって思ってな……泣きボクロ？　あれが妖しい魅力にでもなってんの？」

「不思議も何も、自分で答え言ったじゃん。髪型かっこいいって。それって、雰囲気もなんだかんだイイってことでしょ。泣きボクロは若干キュンってくる要素だけど……それはそれとして、佐古くんはあんまりオラオラしてないから怖くないし、安心感あるんだから年下の女の子から好かれやすいの当たり前でしょ」

「そうか？　年下の女は頼りがいのあるオラついてる男が好きじゃね？」

「そういうのを元気で可愛いって見るのは年上じゃない？　まぁ年上でも大人しい男の子の方がカワイイってなる人のが多い気もするけど……とにかく、なんかごめんね佐古くん。こいつちょっとね、性格アレだから」

「アレってなんだよ！　アレって！」

「この常に上から目線な言動からもわかると思うけど、家の力と権威を自分と同一視してる系のヤツだからさ。お上品な言葉遣いもできないのを見るに、随分と甘やかされて育ったのも窺《うかが》えるし……」

「そんな風に俺のコト思ってたの⁉」

「お黙りなさい。……じゃあね、佐古くん」

代吉は「自分は気にしていない」と身振り手振りで伝えつつ、大人しく自分の席へと座った。

「…………」

絡まれた時には困惑気味にもなった代吉だが、それは、今までクラスメイトから話しかけられたことがなかったから、というのも大きかった。

その感覚は例えるならば——演劇の最中に自分は小道具係で出番はないからと休んでいたら、急に「ほら出て」と言われて端役《はやく》として引っ張り出された——そうした事態に直面したら、きっと感じるであろう驚きに近い感じ、というか。

もっとも、代吉がそうした感覚を得たのは一瞬だけであった。

あくまで今しがたのは偶然の出来事であって、自分が空気のような存在である、という事実が裏返ったわけではないからだ。

そうして時刻はあっという間に放課後へと移り変わった。

代吉は引き続き職員室へと向かい、次の依頼を受領し、一つ一つそれらをこなしていった。

こうした忙しさは学祭が終わるまで……いや、終わったあとも後始末や片付けもあるのだろうから、数日ほどは似たような状況が続きそうである。

代吉は、それを面倒くさい等とは思わなかった。

もともと自分が進んでやると決めたことだから、というのもあるが、学校生活を送りやすくなった桜咲が笑顔になれることへの実感も強くあったからだ。

両親が向けた桜咲への微笑《ほほえ》みを真似《まね》ていた代吉だが、それがいつしか張り付いて、自分自身の気持ちそのものへと変わりつつあった。

それに気づけたのは、動物園で自分を見つめ直すキッカケを得たから、というのもある。

「あっ、代ちゃん先輩〜！」

代吉が放課後の頼まれ事も済ませて報告の為《ため》に夕方になって職員室へと戻ると、そこで桜咲と偶然に出逢《であ》った。

「桜咲か。……どうしてこんな時間まで」

「学祭が近いから、色々やることあるんだよ〜？　で、そのやることの今日の分が終わったからもう皆帰りましたって報告にきたの。赤《エケ》ちゃんにはわからないかなぁ?」

「俺は赤ちゃんではないが……」

いつも通りの調子である桜咲《さき》に代吉はため息を吐《つ》いた。すると、桜咲のクラス担任の男性教師が眉を顰《ひそ》めながら近づいてきた。

「花曇さん、佐古くんは先輩でしょう?」

教師の目には、桜咲の代吉への態度は目に余るものがある、と映ったようだ。つまり注意しにきたのだ。

代吉が桜咲と普通に話をするようになったのは、最近のことであり、それ以前は逃げ続けていたこともあって、二人がどのような距離感であるかを知らない教師も多くいる。

それは桜咲のクラス担任の教師も例外ではなく、初めて目《ま》の当たりにした代吉に対する桜咲の言動に呆《あき》れているようだった。

「せ、先生……そ、それは、だって代ちゃん先輩は赤《エケ》ちゃんだから……」

「代ちゃん先輩に赤ちゃん……まったく。そうやって人をからかいたくなるお年頃なのでしょうかね。あのですね、花曇さん、佐古くんはそもそも貴女《あなた》の為に――」

教師はそこまで言いかけたものの、自分が何を言おうとしているのかに気づいたらしく、ハッとして口を閉じた。代吉もぎょっとして目を剝《む》いた。桜咲だけが「?」と首を傾《かし》げていた。

「私の為に……なんですか？」

「いえ、なんでもありません。佐古くんは優しい男の子ですから、貴女が傷つくと思って強く言わないだけである、という話です。あまり迷惑をかけてはいけません」

教師は冷や汗を浮かべつつも、冷静を装《よそお》ってなんとか話を誤魔化した。代吉は自分の秘密が守られたことに安堵《あんど》した。

「佐古くんは立派な男の子です。決して、からかってよい人ではありません」

「そ、それは、もしかして、代ちゃん先輩の家柄がいいからって話とか、ですか……？」

「そうではありません。確かに、佐古くんは元華族の出自を持ちますが、そうではなく、あくまで佐古代吉という個人が立派な男の子だからと、私はそう言っています」

家柄がどうこうではなく道徳を説いている、という点においては、教師の指摘は間違っていなかった。

ただ、柔和《にゅうわ》な執事感のある見た目に反して圧が強めであり、言葉以上にキツく感じられることもあってか、桜咲が少し涙目になってしまっていた。これは助け船が必要そうだな、と代吉は判断した。

「その、これ終わったので……」

代吉は、学校側からの依頼を終えた証明となる報告書を教師に渡した。

本当であれば、エレノアに渡しつつ、今日の幸子《さちこ》の送り迎えの有無も聞きたい気持ちも代吉にはあった。

だが、職員室の中にエレノアの姿がなく席を外しているようであったし、それに何より桜咲を助ける為に話題変更に使えそうだったので、迷わずに使ったのだ。

「これは……なるほど、お疲れさまです、佐古くん。わかりました。私が預かりましょう。おや、もうこんな時間……花曇さんへのお説教もこの辺にしておきましょうか」

「ありがとうございます。それじゃ、俺たちは帰りますので……桜咲、行くぞ」

「う、うん」

「お気をつけて」

代吉は桜咲の肩をぽんぽんと叩《たた》いてあやしながら職員室を出た。

「どうして先生あんなに怒ったのかな……」

「大丈夫大丈夫、明日には元に戻ってる」

「うぅ……赤《エケ》ちゃんの代ちゃん先輩に逆にあやされてる」

「そういう経験も人間は必要だ。桜咲は悪くない、悪くない」

わけもわからず怒られた、と桜咲が気落ちしている姿に、代吉はなんだか妙な申し訳なさを感じた。

桜咲の担任教師がキツい物言いをしたのは、教職員は皆が代吉《だいきち》が学校からの依頼を受ける理由を知っているからこそだ。

だが、桜咲はその背景を知らないのである。

桜咲は悪くなくて、教師も悪くはなくて、ただ、歯車が上手《うま》く噛《か》み合わなかったのだ。

代吉は桜咲がいつもの調子に戻るまで、時間にして二十分ほどであろうか……とかく言葉で寄り添った。

桜咲は徐々に落ち着きを取り戻すと、

「ところで……代ちゃん先輩、学祭に参加する？」

もじもじしながら、窺うようにそんなことを訊《き》いてきた。代吉はありのままを隠さずに伝えた。

「まぁ学祭の日も学校にはくるが、ただ、そこまで熱心に参加するってこともないな」

「そっか、じゃあ、その、うちのクラスの出し物を見にきて……？　大正浪漫《ロマン》風の喫茶店をやるって話で、だから、私もいつもとちょっと違うから」

桜咲からのお願いを受けて、代吉は当日の自分がどのくらい忙しいか、についてしばし思考を巡らせた。

色々と学校側から裏方の依頼がありそうではあるのだが……しかし、一つか二つくらい出し物を見に行く暇くらいは作れそうではあった。

なので、

「わかった。行けばいいんだな」

と、端的に答えた。すると、桜咲は頬を赤らめて嬉《うれ》しそうに微笑みながら、俯《うつむ》いた。

「……うん」

なんだか、どんどん桜咲から異性として入れ込まれてしまっているような、そんな雰囲気を代吉は感じた。

しかし、かといって、まさか自分から近づくと決めた矢先に急にまた逃げ回るようになるのもおかしな話であって。

異性との付き合いに疎《うと》い代吉は、どうすればいいかわからず、とにかくなるようになるだろう、という心境であった。

それ以外にどうしようもないのだった。

「代ちゃん先輩、あのね、来週の日曜日なんだけど」

「ん？」

「日曜日は学校ないから学祭の準備とかもないし、私も勉強はだいぶ進んでるからそれもだいじょぶで、だからね」

　それがデートのお誘いであるのは明白だった。しかし……来週の日曜日は代吉も幸子の学芸会という予定があるのだ。

　代吉は桜咲に申し訳ない気持ちを抱きながらも、それを伝えて断ることにした。

「その、悪いが来週の日曜日は無理だな。予定がある」

「え？　予定？」

「幸子の学芸会に行くんだ」

「幸子？　学芸会……？」

「桜咲も会ったことがあるだろう。エレノアさんの娘だ」

「あ、あの失礼な女の子……」

「エレノアさんは生徒と違って日曜日でも色々教師としてやることあるみたいだから、俺が代わりに様子を見に行くんだ」

　だから悪いが無理なんだ、と代吉は重ねて伝えた。だが、桜咲はきゅっと唇を結ぶと、

「……私も行く」

　等とわけのわからないことを言い出した。

「桜咲、今なんて言った？」

「私も行く。幸子ちゃんの学芸会」

「え、えぇ……桜咲は関係がないと思うが……」

「あるもん。代ちゃん先輩は赤《エケ》ちゃんだから、ちゃんと幸子ちゃんの面倒を見れるかわかんないじゃん？」

「いや、幸子の面倒はいつも見てるからその心配は必要ないが……」

「代ちゃん先輩が幸子ちゃんを虐《いじ》めるかもしれないから」

「幸子が俺を虐めることはあっても、俺が幸子を虐めることはないぞ」

「私はそれを見たことないもん。だから、確認しなきゃだから行く」

「…………」

どうしたものか、と代吉は悩んだ。

桜咲と幸子の相性があまりよくなかった記憶があるので、万が一にも揉《も》め事《ごと》になる可能性もあることから断りたくはあったが……。

ただ、どうにも上手い言い訳を見つけられなかった。

考えあぐねた代吉は、最終的に『自分ではどうにもできない』と悟り、幸子の保護者であるエレノアに判断を丸投げすることにした。

「あくまで幸子はエレノアさんの娘だからな。エレノアさんがOK出したら、じゃあ一緒にいくか」

「それもそっか……じゃあ聞いてみて！」

代吉は、エレノアがこちらの状況を察して断ってくれるのを期待しつつ、判断を仰ぐチャットを送った。

幸子に関わること、というのもあって返事は数分も経《た》たずにきた。スマホの通知音が鳴った。

「返事きたんじゃない？」

「早っ……」

代吉がチャットを確認すると、そこには『いいですよ。他人と触れあうのは幸子の成長にも繫《つな》がるので、大事なことです』と書かれていた。

代吉は「なぜ……」と頭を抱える。桜咲は「やった！」と満面の笑みだった。


その後エレノアから続けて連絡が入り、今日も幸子の迎えを、と頼まれた代吉は桜咲と別れてすぐ学童保育まで向かった。

幸子に隠し通せるわけもないので、桜咲が学芸会にくることになった、ということを代吉は説明した。すると、なんだか凄《すご》く嫌そうな顔をされた。

「えぇ……あのおっぱいくるの？」

やはり、代吉の想像通り二人の相性はよくはないようだ。幸子は桜咲が苦手である、という態度を隠さなかった。

だが、エレノアが許可してしまった以上は幸子に我慢して貰《もら》う他ないのだ。

「俺が決めたわけじゃなくて、エレノアさんに判断を任せたんだよ。そしたら『いいよ』って返事きたからな」

「ママ……なにをかんがえているのか、よくわかんないな」

「他人と触れあうのが幸子の為《ため》になるかもだから、って感じだったが」

「あたしのことなんてどうでもいいから、自分のことをかんがえろってんだよなママも」

「そんなことを言って……エレノアさんが自分のことばかり考えるようになったら、幸子も寂しくなるだろ？」

「なんないよ、べつに。あたしにはだいきちいるし」

幸子の言葉はどこまでが本音で、どこまでが虚勢なのかはわからないが……ただ、一緒に過ごした時間だけなら、エレノアよりも長いのが代吉だ。

だからこそ、幸子の中では本音と虚勢の両方が入り混じっている、というのはなんとなく察しがついた。

代吉が優しく微笑《ほほえ》むと、それをちらりと見た幸子が「まぁでも」と話を続ける。

「……あたしのだいきちってしたら、ママかわいそうかな」

「俺は別に幸子の玩具《おもちゃ》とかではないのでモノ扱いするんじゃあない、というのは一旦横においてエレノアさんが可哀想《かわいそう》？　どうして？」

「べつに」

幸子が何を言いたかったのか、代吉にはとんと見当もつかなかった。

ただ、ため息を吐きながら「はぁ」と左右に首を振る幸子が、なんだか自分よりも大人であるようにも見えた。

6

その後――なんやかんやと時間は過ぎて、幸子の学芸会の日曜日がやってきた。

代吉は、服装や髪型にあれこれと指示を出してくる幸子の要望を聞きつつ、姿見《すがたみ》に映る最終的な自分の今の格好に気恥ずかしくなっていた。

「うーん……」

幸子の指示で見た目を決めるのはいつものことだが、それにしても、今日は特に気合が入っている、と代吉は思った。

非常にスッキリしたシンプルながらも整ったそのコーデは、まるで、試写会に出る若手俳優のようだった。

さすがに「もっと普通ので」と代替案を出すべきだろうか、等と代吉は感じたりもするが、しかし、楽しそうな幸子《さちこ》を見てそれを諦めた。

(そもそも……学芸会を見に行く目的が、幸子の為、だからな)

学芸会を楽しむのは誰か、と言えばそれは幸子なのだ。だから、本人の希望そのまま、その通りにさせてあげたいと代吉は思った。

そして、幸子本人も自らのお洋服やアクセサリーには気を使っていて、「これとこれの組みあわせはへんな感じ。これとこれはよさそう」等と朝からクローゼットをめちゃくちゃにしながら、真剣に悩んで、最終的にフラワープリントのシャツとトリムスカートを選んでいた。

「あたしも、これでよし!」

幸子は締めにきらきらのヘアピンをつけて、手首にもふわふわのシュシュを完全装備して自慢げに鼻で息を吐いていた。

もっとも、学芸会では幸子は劇の中の木の役だそうで、つまりハリボテの木を動かすだけであるので特別なお洒落《しゃれ》は必要ないのだが……まぁそれは代吉《だいきち》の目から見たらの話であって、幸子の心情としては、誰に見られなくてもイベント事ならおめかしをしたい、とそういう感じであるようだ。

少なくとも幸子はそういう性格だ、ということを代吉も知っているので、特に文句つけたりもしなかった。

「さぁ、それじゃあいきますか。途中で桜咲《さき》と合流するが、あんまり変なことを言うんじゃないぞ」

「だいきちはおっぱいの味方するのか？」

「味方がどうこうじゃなくて、桜咲も俺の学校の生徒だから、つまりエレノアさんも関わってくるわけだ。自分が原因でママが職場でぎくしゃくして仕事し辛《づら》くなるのは、それは幸子も嫌だろう？」

「なるほど、そういうことなら……わかった」

代吉は巧みな言い回しで幸子を納得させ、そのまま桜咲との待ち合わせ場所へと向かった。桜咲はそわそわしながら待っており、代吉を見ると手を振って小走りでやってきた。

「代ちゃんせんぱ～い！」

そんな桜咲の胸元を見て、幸子が余計なことを呟《つぶや》いた。

「ママもだけど、はしるとデカいおっぱいはすごい揺れる……」

幸子はおっぱいを揉む仕草でおどけるが、それを見た代吉が眉を顰《ひそ》めているのに気づいたようで、横を向いて口笛を吹いて誤魔化していた。

「～～～♪」

「幸子……俺は心配だよ……」

「うまくやるから、まかせといて」

本当に上手《うま》くやるのだろうか？　と代吉は疑いの眼差《まなざ》しを向けるが……しかし、幸子も成長期ということなのか、代吉の想像以上にやればできる子であったようだ。代吉が抱く不安をよい意味で塗り替えてくれる姿を見せてくれるのであった。

「あっ、さ、幸子ちゃん……おはよう」

以前に幸子と会った時におっぱい呼ばわりされ、「失礼な子」と認識してしまっている桜咲は、代吉の傍《そば》にいたいが為に無理についてきたはいいが、どうにも苦手意識が抜けきらないようだ。

無理に作っている、と誰もがわかる笑顔だった。

だが、一方で幸子はというと、きゅるーんと目を丸くして人差し指を口に含み、無垢《むく》な少女を演じていた。

「おはよう。おねえちゃん」

「えっ……なんか雰囲気が……前は私のことおっぱい呼ばわりしてた子だったような……」

「きょうは、だいきちと一緒にきてくれて、ありがとうございます」

幸子はぺこりと頭を下げる。代吉はその姿に衝撃を受け、桜咲も一気に肩の力が抜けたらしく、無理な笑顔が徐々に自然な微笑みに変わっていった。

「そ、そうだよね、代ちゃん先輩がお世話してる子だもん。人のことおっぱい呼ばわりなんてするわけないよね。私もあの時は色々とパニックだったから、言葉とか間違って聞こえちゃってたのかも……。うん。よろしくね幸子ちゃん」

桜咲は前屈《まえかが》みになったことで落ちた髪を耳にかけなおすと、にっこりと笑って前を向いた。そして、桜咲の視線が外れると同時に、幸子がアホみたいな顔になって呟いた。

「やっぱりデカい……あかちゃん、おっぱいに困らないだろうな……」

よくも悪くも切り替えが上手、という点で世渡りは上手になりそうだが……一方で、幸子には正しく育って欲しいという代吉の願いは、どうにも成就《じょうじゅ》しなさそうなのがよくわかる言動でもあった。

まぁそれはともかくとして、だ。

今日の桜咲は、前回偶然に出逢《であ》った時とはまた違う私服であった。前回はふわふわのブラウスで女の子していたが、今日はおとなしめで、ペプラムトップスとスクイーズパンツの組み合わせだった。

桜咲は、あくまで小学生である幸子の学芸会の付き添い、という部分を踏まえているようで代吉は安堵《あんど》した。

ＴＰＯを考えない人、というのは大人でも一定数存在していて、それは学校に着いてから周囲の父母を見て代吉にもわかった。

大多数は普通の格好だが、よく見ると中には地雷系女子みたいなコーデをする中年の女性、カッチカチの真っ赤なスーツと金ぴかの時計を見せびらかす初老の男性等々……子どもが主役の日であるのに、自分のファッションショーの舞台か何かと勘違いしていそうな人がいるのだ。

そういう意味では、幸子セレクションでお洒落ではあってもシンプルで地味な代吉と、若妻とかにいそうなおとなしめな格好の桜咲は、単なる学生であるのに理想的な夫婦にも見えるのだった。

――素敵なご夫婦……。

――幸子ちゃんのお母さんはエレノアさんで、日本人ではないハズだけど。それに母子家庭のハズでしょう？

――男の子の方は私知ってる。アレよね、ほら幸子ちゃんを学童保育によく迎えにくる子。

――わかった！　推理したげる。エレノアさんは母子家庭でお仕事も忙しいから、親戚の子か誰かに代わりを頼んだのよ。

――多分それよそれ！　後藤《ごとう》さん、名・探・偵。

――あ、わかる？　最近ね、うちの子が探偵モノのアニメにはまってて、一緒に見てるの。だから今の私の頭の中ギュルルルルッて大回転してるの。

――あっはっはっ、後藤さんったら本当に面白い。


そうした父母たちの声はもちろんのこと、話題にするのは児童もそうであった。劇の最終準備やらの為に友だちと合流した幸子が、代吉と桜咲のことを聞かれていた。


――さっちん！　さっちんのパパかっこいいね。ママかわいいね！

――パパじゃなくて、だいきち。あと、あの女はママじゃないんだなぁ。

——え……？　でも、あの男の人なんかは、いっつもさっちんのこと迎えにきてる人だよね？

——うん。でもパパじゃないから。

——そうなの？　あ、でもじゃあ、あの女の人は？　ママじゃないって……？

——あたしのママは仕事いそがしいから、そういえば、みんなちゃんと見たことないか～。

——ちがう人なんだ……あっ、わかった！　さっちん、かぞくの絵をかきましょうって先生が言って、今日みんな教室にかざってるあの絵にかいてた女の人！

——そうだよ。

——でも、さっちん、その絵に男の人もかいてて、確かそこにだいきちって。パパかくとこじゃないの？

——……。

子どもたちが一体どんな話をしているのか？　その詳細までは聞き取れなかった代吉だが、聞き耳を立てるような話でもないのだろう、とスルーした。

代吉は、去る幸子の背中を見送りつつ、劇が始まるまで時間を潰す為《ため》に、桜咲と一緒に各教室の展示物を見て回った。

テーマは全ての学年、教室で統一して〝家族〟だった。代吉はそうした中のとある一枚の絵の前で足を止めた。

「代ちゃん先輩どうしたの?」

「いや……」

真ん中にいる女の子に〝あたし〟と書かれており、左の女性の上には〝ママ〟と書いてあり……そして、右に描かれた男の上には〝だいきち〟と書かれていた。

その絵は名前欄が空欄であったものの、作者が幸子《さちこ》だと代吉にはすぐわかった。だが、桜咲にはわからなかったようで「?」と首を傾《かし》げていた。

桜咲が鈍感、というわけではなく、他の絵の中には色遣いが独特なのもあったりしたし、文字も適当だったりでよく読めないものも多かったので、どの子が描いたのか気づくのも難しいのだ。

それでも代吉がこの絵を描いたのが誰かピンときたのは、ここが幸子の教室だと知っていたからだ。

桜咲もそれを知っていれば察しもついたのだろうが、代吉は幸子が知られたくないと思っていそうだなと考えて、あえて教えなかった。

「…………」

「代ちゃん先輩……？　だいじょぶ？」

「大丈夫だ。なんでもない。……そろそろ時間だな」

「ほんとだ。幸子ちゃんの劇の時間だね」

幸子が普段どういった気持ちでいるのか、その本当のところは代吉《だいきち》にもわからないものだった。

推測はできるし、付き合いの長さから察することもできるが、だとしてもそれが正解なのかは幸子本人しかわからないのだ。

それは血の繋《つな》がりがあっても例外ではなく、エレノアも幸子の気持ちが理解できていないのは代吉の目にも明らかで、だからこそ時たま衝突している場面に出くわすのだ。

実の親子であってもわからない――それを直近でも実際に目の当たりにしたからこそ、代吉は少し前までの自分自身のある種の傲慢さが恥ずかしくなってきた。

両親がそう望んでいたと思うから、という理由で代吉は桜咲《さき》を支え始めた。だが、本当に両親がそれを望んでいたのかは不明なのだ。

そうに違いない、と代吉が先入観をもって勝手に決めただけだからである。

その証拠に、代吉は両親から「ああいう子を支えてあげなさい」だとか、「助けてあげなさい」だとか、そういうことを言われてはいないのだ。

代吉の両親はあくまで、「こういう子が活躍できる世の中になるといいですね」と、桜咲の父母にそう伝えただけだ。

代吉の両親は、ただの世間話の一環で適当に言っただけかもしれなかった。

微笑《ほほえ》んでいたのだって、沢山の人がいる中で、皆が楽しむパーティーにわざわざ参加したうえで仏頂面《ぶっちょうづら》でいる人間の方が珍しいものである。

自分が両親のことを忘れたくないから、その為に動機が必要で、だから代吉は無理やりに運命のような扱いにして桜咲を支える理由を作ったのだ。

代吉は空回っていた頃の自分にむず痒《がゆ》くなってきて、思わず背中を掻《か》いた。それを見ていた隣の桜咲が「かゆいの？　掻いてあげよっか？」と提案してくれたが、それをして貰《もら》うのは別の意味で恥ずかしかったので、代吉は丁重にお断りしたのだった。

7

劇はつつがなく始まって、進んだ。

幸子は特別に何か重要な役回りがあるとかでもなくただの木の役なので、悟りを開く途中の修行僧のように目を瞑《つぶ》ったまま、微動だにせず終始佇《たたず》んでいた。

幸子の友だちとの接し方を見るに、クラスで大人しそうにしている様子もないので、押し付けられた、といったこともないのは代吉にもわかる。

普段は悪態は吐《つ》いても他人のことを考えられる子が幸子であるので、誰もやりたがらない役を自ら引き受けた、というのが恐らくは正解だ。

その証拠に、隣で草の役をやっている女の子が少し泣きそうになっているのに気づくと、ぽんぽんと肩を叩《たた》いて励ましていた。


——幸子ちゃん……。

——げんきだしなって。

——ありがとう……。幸子ちゃん、かわいいから他の役だってできるのに、木の役なんてイヤじゃないの？

——どんな役だって、だいきちがほめてくれるから、べつにいいよ。

勝手に木が動くんじゃない等《など》という指摘は野暮な話で、さすがに父母もそこに文句を言う者は誰もいなかった。

それはともかく、幸子の言葉は代吉の耳にも届いてしまったし、桜咲にも聞こえているようだった。

「いい子だね、幸子ちゃん」

「そうか？」

代吉が反射で疑問を呈したのは、幸子が良い子であるのを理解はしているが、それはそれとして普段の口の悪さも知っているからだ。

桜咲も以前に幸子のそうした面とは遭遇しているハズなのだが、ただ、今日の出会い頭の姿と仕草が脳裏に焼き付いてしまっているようで、あれは間違いなく良い子だと、そのような考えになっているようだ。

「いい子だよ。他の子を励ましてるんだよ？　代ちゃん先輩が褒めてくれるからって、言ってたよね今。ちゃんと褒めてあげないとね」

「それはまぁ……」

幸子が何をせずとも、今のような姿を見せずとも、代吉は褒める気ではいた。桜咲の心配は杞憂《きゆう》である。

劇も終わり、帰り支度を整えた児童たちが次々に保護者に手を引かれ帰っていく。幸子も代吉と桜咲の元へと帰ってきた。

「幸子ちゃん、すごかったね！」

桜咲がぱちぱちと手を叩いて幸子を褒める。幸子は当初の自分の言葉通りに猫は被《かぶ》り続けるようで、きゅるんと目を輝かせながら頭を下げた。

「ありがとうございますぅ」

「かわいい～♥」

「…………」

代吉がうさんくさいものを見るかのような視線を幸子に向ける。だが、幸子はそんな代吉を見てもなお桜咲の前では可愛《かわ》い子ぶっていた。

だが、そんな幸子も演技を続けるのにはだいぶ限界が近づいているようだった。

「桜咲さん、きょうは、幸子のためにきてくれて、うれしかったです」

「ほんとぉ？」

「うん！」

「私も不安だったんだよね～。前に一回会ったきりだったから、そんな私がきて幸子ちゃんどう思うかな～って。よかった」

「幸子はだいきちとかえります。もうそろそろ夜になるから、桜咲さんもはやくかえった方がいいとおもいます」

「え？　あ……もうそんな時間。ありがとう、心配してくれて」

幸子の瞼《まぶた》が痙攣《けいれん》を始めており、段々と頬も引き攣《つ》り始めている。桜咲のことが苦手というのもあるのだろうが、それ以上に、もうこれ以上猫を被るのが疲労のせいで不可能になりつつあるようだ。

このままでは大変なことになる、と察した代吉は幸子の味方をして桜咲に早く帰るように促した。

「幸子の言う通りだな。完全に夜になると危ない。まだ明るいうちに家に帰った方がいい。俺が送ってやればいいんだが、幸子もいるから今日は無理だ。幸子も疲れたろうし、早く家に帰してやりたい」

代吉の言葉も探せば穴はあるし、おかしな点はある。ただ、桜咲は基本的に代吉のことを信頼してくれていることもあり、あっさりと受け入れてくれた。

「そっか。ちょっと残念だけど、しょうがないよね。幸子ちゃんの為だもん」

「本当に悪いと思ってる。せっかく、今日時間作ってくれたのにな」

「い、いいよいいよ！　全然大丈夫だよ！　じゃあ、私は帰るね。……ちゃんと幸子ちゃんのこと褒めるんだよ、代ちゃん先輩」

桜咲は俯《うつむ》き加減に人差し指を唇に当てて、あからさまに一緒にいられないことへの名残惜しさを態度で示し……帰ると言ったにも拘《かか》わらず、その場を動かずにちらちらと代吉のことを見てくる。

このままだといたずらに時間だけが消費され、本当に夜になってしまうし、幸子の化けの皮も剝がれてしまうとして代吉は自分の方から動かねば、と踵《きびす》を返した。

「じゃあな」

「さよならです、桜咲さん」

「……うん」

代吉が背中を見せたことで、桜咲もようやく帰路につく決心がついたようだ。こつこつと響く足音が徐々に遠のいていく。その音がすっかり聞こえなくなってから代吉が振り返ると、もう桜咲の姿が見えなくなっていた。

「だいきちー、あのおっぱい帰った？」

「そういう言い方はよせ……まぁいいか、今日は。桜咲の姿はもうないぞ」

「はぁ～……つかれた」

桜咲はもう近くにいない、と知った幸子は盛大なため息を吐いて、ふてぶてしい感じのいつもの顔に戻っていた。

「幸子さんお疲れさまです」

代吉がおどけて言うと、幸子は欠伸《あくび》と共に頷《うなず》いた。

「うん」

「今日……がんばったな」

「ただの木の役だけど？」

「動かなかった。幸子《さちこ》は暴れるかなと思ってたが、そんなことなかった。ちゃんとしてた」

「あばれるわけないじゃん」

「いや、可能性はあっただろう？」

「そんなことな――」

「――あるだろう。聞こえてたぞ。隣の草役の子のこと、慰めてたの。もっといい役をこの子にさせてあげてとか、そういうことまで怒って言うかなと思ったが……でも、一番いい役をやってた子が楽しそうだったし、幸子もそれは知ってたんだろうなとも思ったから、抑えたんだろう？」

代吉がそんな予測を伝えると、図星だったようで、幸子はぷいっと横を向いた。

「……だいきちは何でもおみとおしだな」

「何でも、ってワケじゃない。ただ、幸子は優しいからそんなところだろうなと思ったんだ。だから、がんばったなって俺は言ってるわけだ」

自らの心の内を暴かれたことに、嬉《うれ》しさもあれば些《いささ》かの羞恥もあるのか、幸子はほんのりと頬に熱を点《とも》すとそれを誤魔化すように、

「今日はつかれたからな。……おんぶして」

なんとも可愛らしいおねだりだった。

普段の幸子からは想像もつかない子どもらしさに、代吉《だいきち》は思わず笑顔になって、当然そのおねだりを叶《かな》えることにした。

「ほら」

屈《かが》んだ代吉の背中に幸子は抱き着いた。それから、すぅすぅと寝息を立て始めた。代吉は幸子を起こさないように揺らさないように、ゆっくりとした足取りでマンションへと帰った。

いつもならば、代吉は幸子を預かる時にはエレノアが帰ってくるまで自分の部屋で面倒を見ている。だが、今日の幸子の随分とお疲れな様子を見て、いつも使っているベッドで寝たいだろうなとも思ったので、自分の部屋ではなくエレノアと幸子の部屋に入ることにした。

ドアロックの暗証番号は教えて貰《もら》っているので、入力して、代吉はそのまま二人の部屋

に入った。

「そういえば、一人で部屋を借りるようになってから、隣同士なのにこっちに入ったことは……もう一年以上ないな」

今でこそ代吉も一人で部屋を借りているが、中等部に入るくらいまではエレノアや幸子と一緒だった。

この部屋で過ごしたのだ。

だから、よく知っている……つもりだったが、置いてある食器、絨毯《じゅうたん》やカーテンの柄、時計なんかも記憶とは変わっていて、自分がいた時と全く同じではないことに気づいて、なんだか不思議な気持ちになった。

自分の知らないところでも時間は動いている、という気がしたというか。

だが、それは当たり前のことだ。

記憶のまま、ずっと同じまま、それは意図的にそうして保存しない限りありえないのだ。普通に生きていれば、日々を過ごしていれば、少しずつ変わる。

「おやすみ……ん？」

幸子のベッドに本人をそっと置いて、代吉は毛布を被せてあげた。気づいたのはその時だった。幸子が筒のようなものを抱えていて、それが何なのか気になった代吉はそっと手に取って中を確認した。

入っていたのは、あの絵だった。エレノアと幸子と代吉が描かれていた絵だ。

「…………」

学芸会が終わって、展示物は持ち帰りましょう、となったようだ。学校側がいちいちこうした物を保管していたら倉庫がいくつあっても足りなくなるので、当然といえば当然の措置ではある。

代吉は絵を筒に入れ直すと、幸子の手の中に戻した。

幸子は恐らくこれをエレノアには見せないだろう、と代吉は思った。そういう性格だからだ。

だから、あるいは、代吉が今のうちにこれを奪って、そのうちに帰ってくるエレノアに勝手に渡すという選択肢もあるにはあるが、しかし、代吉はそうはしなかった。

これは幸子の持ち物だ。

どうするかは幸子が決めることだ。

処分するにしても、気が変わってエレノアに見せるにしても、あるいはずっと仕舞い続けるにしても、それを決めるのは幸子にだけ許された権利なのだ。

代吉は幸子の頭を撫《な》でて、それからそっと扉を閉め、リビングでエレノアの帰りを待った。時計の針が動く音が妙に間延びしたように聞こえて、一秒一秒が妙に長く感じた。そうした感覚で待ち続けること一時間が経過して、ようやくエレノアが帰ってきた。

「Wow……」

エレノアは代吉を見て少しだけ目を丸くして驚いた。

「おかえりなさい、エレノアさん」

「代吉……めずらしいですね？」

「かもですね。俺も幸子の面倒は基本的には隣の自分の部屋で見てますしね。……勝手に入ってすみません」

「大丈夫ですよ。暗証番号教えてますし。……玄関に幸子の靴あったですよ。もしかして、ベッドで寝てるです？」

「ええ、帰りはおんぶしてきたんですけど、その時に寝ちゃってたので、疲れただろうし自分のベッドで寝たいだろうなと思って」

「ありがとですよ〜」

エレノアは代吉の対面に座ると、機嫌がよさそうに鼻歌を歌い始める。代吉がこうして昔のようにこちらの部屋に来たことに心が弾んでいるようだった。

なんだか昔よりは距離ができてしまった子が、こうしてまた近づいてくれる、というのはそれが偶然であっても少しは嬉しくなるのが人の感情というものであって、それ自体は代吉にもわかる。

だから、すぐにお暇《いとま》はせず、少しだけエレノアと話をすることにした。

「幸子は優しい子ですね」

「そうです？　でも、陰ではワタシのこと〝おっぱい〟って言ってるですよね？　幸子もおっきくなるかもですし、その時に『あの時ママにヒドいこと言ったな』ってわかるですね」

「仮にそうなるとしても、ずっと後のことでしょうし、その頃には幸子も忘れてると思いますけど」

「それは、そうかもですけど」

「……学芸会、劇をやってましたが幸子は木の役でした。普段は口も悪い子ですけど、他の子が目立つ役とかやりたいだろうからって抑えて、同じような役をやってて泣きそうになってた子を慰めてました」

「ふむ？」

「だから、あんまり怒らないであげてください」

「……代吉は幸子の味方するですね」

「まぁ確かに俺は幸子の味方をしていますね。エレノアさんは親として幸子をちゃんとした子に育てなくちゃって気を張っていて、それは正しくて、だけど幸子からするとキツく見えてしまう時もあるわけで……逃げる場所は必要です」

エレノアはため息を吐いて席を立つと、優し気に、けれども少し妖しく微笑《ほほえ》むと、代吉を背中から抱きしめてきた。

「代吉は素敵に立派な男の子になりました。本当に幸子のパパみたいですね……」

こういう体勢になれば、どうしても大きなエレノアの胸が当たることから、その柔らかさに急に恥ずかしくなった代吉は耳まで真っ赤に染め上げる。

だが、少しだけエレノアからお酒の匂いがして、それで代吉は冷静になれた。教職員の飲み会のようなものがあったようだ。ただ、もう夜だとはいえそう遅い時間ではないことから、幸子のことを考えてすぐに帰ってきたというのも窺えた。

じゃれて猫と遊ぶ時のように、「おりゃおりゃ」と代吉の顎を指先でくしくしとエレノアは掻《か》いてくる。

こうやって人をからかおうとする性質《たち》は、幸子ともよく似ている。いや、エレノアが幸子に似ているのではなくて、幸子がエレノアに似ているのだ。

幸子は代吉を見て人を慮《おもんぱか》る行動を真似《まね》したように、人をからかう部分については、普段は隠しているエレノアの本性の影響があることが見て取れる。

まぁそれを指摘してもエレノアは「そんなことないですよ」と機嫌を悪くするだけである。ともあれ、代吉はどうやってこのアラサーの女性を諫《いさ》めるか思案する。

「その……」

「『その……』なんですか？　代吉はワタシのおっぱい好きですよね？　前に見てたですよ？」

「え？」

「見てたですよ？」

突然その話題になると思っていなかった代吉は、返答にさらに困ってしまった。確かに以前にエレノアのおっぱいに視線を向けたこともあるが、それは、本を正せば幸子が原因でもあるのだ。

幸子が裏でエレノアのおっぱいをネタにしていたことは以前に暴露こそしたが、それはあくまで必要だからそうしたのであって、自分がエレノアのおっぱいを見てしまった原因でもあったという説明まで代吉はしなかった。

そこまで言わなかったのは、代吉が、あくまで幸子の味方をしたかったからだ。

仮に幸子に内緒でエレノアに教えたとしても、そのことを隠そうとしても、雰囲気で察するのが子どもだ。

特に幸子は敏感だからこそ、一人で気づいて、一人で傷つくのだ。だから、代吉はあくまでそこまでは言わないつもりだった。

しかし、そのせいで、エレノアのからかいが止まらないという問題が今まさに起きているのだが……まぁ、それはなんとかすることにした。

「エレノアさんも少し酔っているようですので、ただの冗談というか、からかいというか、そういうことなのかなとは思いますが……俺のことを虐《いじ》めないでください」

代吉が真面目な顔で告げると、エレノアもこれ以上はからかえない、と思ったのか笑った。

「冗談ですよ～」

「……よかった」

「代吉も花曇《はなぐも》サンのこととか考えることいっぱいで大変ですから、からかうと楽しいですけど、ワタシも少し控えます」

「いや、そんなことは……桜咲《さき》のことは先生たちも協力してくれていますし、そんなに大変ってほどじゃないですよ」

「そうですか？　でも、世の中は何があるかわかりませんから。……もしかすると、なにかの拍子に花曇サンに事情がバレちゃったりとかもあるかもです」

「大丈夫ですよ……では、俺も自分の部屋に帰りますので」

「おやすみですよ～」

エレノアに見送られながら、代吉《だいきち》は自分の部屋へと戻る。それから、自室の電気を点《つ》けて、明日の学校の準備を終えて、お風呂《ふろ》に入ってベッドに潜り込んだ。

今日も今日とて疲れた。代吉はすやすやと寝息を立て、ぐっすりと眠る。

代吉は夢を見た。

見知った相手から話しかけられている夢だった。ただ、その相手はずっと同じではなくて、ころころと入れ替わった。

桜咲や椿《つばき》、エレノアに幸子、時には桜咲の担任教師も混じったりして、なんだかよくわからない感じだ。

――代ちゃん先輩～。赤《エ》ちゃんばぶばぶしたいでちゅか～？

――やめろ、俺は赤ちゃんじゃない……。

――きー君！　ざこのくせに生意気だな～！　ちゅーしないと放さないぞ！

——椿……そういうことは、本当に好きになった男ができた時に、やってやれ。

——ワタシのお腹《なか》が大きくなってきました～。代吉の beby ですよ～。

——だいきちがんばったから、あたしにも弟か妹ができるのか……。

——身に覚えがないのですが。

——佐古《さこ》くん、君はなんていじらしくて、素敵な男の子なんだ。安心していい。私が最後まで面倒を見てあげよう。

——この人は桜咲のクラスの担任……なんでこんな変な夢を俺は見ているんだ。

よくわからない夢だが、ただ、ころころと変わる相手の中に、両親はいなかった。見知った相手が沢山出てくるこうした夢にすら姿を現して貰《もら》えないとなると、もう思い出す必要がないと、そう言われている気がしてくる。

そして、くるくると場面と相手が変わり続けていくうちに、代吉は少しずつ、夢も見ないくらいの深い眠りに落ちる。

それにしても……なぜ皆が自分に好意を向けている夢を見たのか？

理由はわからないが……まぁ夢は所詮ただの夢だ。

深く考えたところで何の意味もないことで、代吉もそれは理解している。現実と夢の区別くらいはついていた。

(何事もなく平穏な毎日を過ごせれば、今の俺はそれでいい……)

代吉はそんなことを思っていた。

だが、現実は時としていきなりアクシデントが発生するものである。平穏がいい、等《など》という代吉の気持ちを現実は無視して、急激な変化は起きる。

第四章

1

幸子《さちこ》の学芸会は終わり、次はいよいよ代吉の学校の学祭の日が近づいてきていた。その頃になって、今年の学祭は参加者が増えそうだ、ということを代吉は知った。

その理由は桜咲にあった。

勉学優秀の特待生で入ってきたにも拘《かか》わらず容姿が可愛《かわい》く、どことなく無垢《むく》で、守ってあげたい雰囲気があって、ついでにおっぱいが大きい桜咲が気になる男子は多くいる。

桜咲は一般家庭からの特待生組であるがゆえに、普段は近づくのを躊躇《ためら》う男子も多いが、それでも簡単に諦められない者も多く、学祭をチャンスと捉えていたのだ。

上流階級出身の男子の中には、親に認めて貰えなくても、愛人のような立ち位置で囲いたいと考える者もいる。普段は近づけないが、こうした遊びの場で関係性を深めて、良い感じにしたいというワケだ。

特待生の男子の中には、普段は成績や成果の為《ため》に忙しくしていて落ち着いた話の場にも誘えないが、学祭は少しだけそれらも気を緩めてよい場になるので、距離を近づける機会が出てくるかもしれないと考える者がいるのだ。

そして、その両者どちらもが気にしている点が一つあった。噂《うわさ》に聞こえる〝代ちゃん先輩〟だ。

どうにも桜咲は、二学年の佐古代吉という元華族の男子生徒のことを好いている可能性がある、という噂がまことしやかに男子の中では伝わっていたようで……。

代吉もちょくちょく桜咲の様子を見に行ったり、最近では逆に桜咲が様子を見にきたりと、ただならぬ雰囲気を蔓延《まんえん》させてはいたので、それが原因だった。

だが、代吉はそんな校内事情などまったく気づかなかった。また友だちがいないことからそうした情報も入らなかった。

桜咲は人気があるのだなぁと、漠然とそんなことを思いつつ、代吉は黙々と教師に頼まれた学祭関連の雑事を一つ一つこなしていた。

時たま騒がしくなることはあるけれど、それはけれども振り返れば決定的な選択を迫られるわけでもなく小波《さざなみ》のようなもので、基本的に代吉の毎日は穏やかだった。

そのせいだ。

代吉は気が緩んでいた。

少しの行動が何か大きな事態に繋《つな》がる可能性がある、ということを軽視して、今日は学祭の準備を頑張る桜咲の様子をこっそり見に行ってみよう、等と思ってしまった。

早めに学校側からの依頼を終え、代吉は一学年の階までくると、最初の頃のように物陰からこっそりと桜咲を眺めた。


――桜咲、最近元気だよね。

――だいちゅきな先輩と連絡先交換が成功したり、動物園デートしたりって最近言ってたし、まぁ気分も浮つくわな。あと一歩じゃん。

――へへ。

――万が一にもお労《いたわ》しいことになったとしたら、どのようにお声がけをすべきかと考えておりましたが……くぅうぅぅ、ワタクシ、恋する乙女の強さをみくびっておりましたわ。見事に勝ち取ったのでございますね！

――ま、まぁ、勝ち確……っぽい雰囲気あるかも？　ふふっ。

――あれ、あそこにいるの先輩じゃん。桜咲、こっそりあっちから回ってびっくりさせてあげなよ。

——うん！

桜咲は友だちと楽しそうに会話をしながら、学祭準備をこなしていた。代吉がそれを見て微笑《ほほえ》んでいると、急に後ろから肩を叩《たた》かれた。

代吉が振り返ると、苦笑する桜咲のクラスの担任がいた。

「佐古くん、どうされましたか？」

「あ、いや、その、桜咲の様子を……」

「前から、佐古くんがこっそり花曇さんの様子を見にきている姿はお見受けしていましたが……やはり気になりますか？　いや、そんなことは聞くまでもありませんね。佐古くんが学校側の雑事を引き受けている理由そのものですから、こうして様子を見にくるのも当然でしたね」

「……最近は頻度も少なくなりましたけどね。元気にやっていそうだな、と思いましたから」

「花曇さんは、勉学もきちんとこなしています。成績が落ちるようなこともまずないでしょう。特待生としては、素晴らしいです。ただ、礼儀作法については、佐古くんへの言葉遣いをこの前知った限りでは些《いささ》か問題があるようですが」

「俺は別にどう言われても構わないので……」

「そのように自分を悪しざまに言われることを許容しては、亡《な》くなられたご両親も悲しみますよ。優秀な子が世の中で活躍できるように、というご両親の最後の願いの為に、特待生の花曇《はなぐも》さんが勉学に励めるよう便宜を図る対価として、学校側の雑用をこなす――それは佐古くんにとってある種の義務感からなのかもしれませんが、しかし、それに囚《とら》われ過ぎるのはご両親も望んでいないでしょう」

「それは、確かにそうかもしれません。結局のところ、どこまでを望んでいたのかは両親本人しか知らないことで、それはもう故人だから聞けません。ですから、陰から様子を見る頻度を減らすようにはなったんです」

「思い出と過去を大事にするのは素晴らしいことですが、君が生きているのは〝今〟なんです。だから、昔のことは心の宝箱に仕舞うくらいが丁度よいと思いますよ」

それは、教師としてと言うよりも、大人としての助言のように代吉《だいきち》には聞こえた。どのような人間であっても、いずれは過去との折り合いをつける時期はくるのであって、そうした時の心の在りようについての言葉であったからだ。

以前までの代吉ならば、こうしたことを言われれば「でも」と否定的な感情を抱いたものであったが、不思議と今はすんなりと受け入れることができた。

桜咲《さき》のクラス担任も、代吉の表情を見て、抱えた過去の傷が癒えているのを理解したのか優しく微笑んでいた。

自然と明るくなった雰囲気だが、しかし、それはすぐに暗転する。二人はふいに背後から聞こえた足音にハッとして、同時に振り返った。

そこにいたのは——困惑に満ちた顔の桜咲だった。

「今の話……どゆこと？」

桜咲はどこから聞いてたのだろうか？

どこまで聞いたのだろうか？

まさかの事態に遭遇してしまった代吉は、何も言葉を出せなかった。バレてしまった、という気まずさだけが代吉の胸中を埋め尽くしていった。

昔の代吉ならば、距離を置くことを重視していた頃ならば、こうした状況になる前に桜咲の接近にほぼ確実に気づけていたものだが……。

しかし、最近の代吉は脇が甘くなっていた。

桜咲との関係性を前向きに捉えようと決めたがゆえに、見つかることへの抵抗感が薄くなっていたのだ。

だから、まだ隠しておかなければいけない事柄がある、ということも心のどこかで軽く扱うようになっていた。

そんな自らの駄目さ加減に苛立《いらだ》ちさえ覚えつつ、代吉は下唇を噛《か》んで俯《うつむ》いた。

「桜咲……」

「ねぇ、今の話……どゆこと？　代ちゃん先輩、お父さんとお母さんが亡くなってるって……海外にいるって、ゆってたじゃん」

代吉は、いつもの得意な言い訳も浮かばず、ただ押し黙ることしかできずにいた。すると、桜咲の担任教師が慌てて間に入ってくる。

「花曇さん、これには深い事情が――」

しかし、そこまで言って、桜咲の担任教師もすぐに言葉を詰まらせた。桜咲が震えるようにかちかちと歯音を立て、ぽろぽろと大粒の涙を流し始めた姿を前にして、代吉同様にどう対応するのが正解なのか判断に困っているようだった。

こうした状況を冷静に完璧に解決できる人間などそうはいないものである、ということだ。

「特待生の子が活躍できるような世の中だといいから、それが代ちゃん先輩のお父さんとお母さんの最後の言葉……？　だから、そんな子の私が勉強しやすくなるために、なにかやってたって……今そんなお話してた……先生もそれを知ってた？」

「それは、その……」

「私の様子を見にきてたのも、だから？　優秀な子なら、特待生の子なら誰でもよくて、別に好きとかじゃなくて……？　先生がこの前怒ってたのも、だからなんだ……私が何も知らないお馬鹿だから怒ってたんだ……！」

桜咲の顔は、もう涙と嗚咽《おえつ》でぐしゃぐしゃだった。

普段は代吉のことを赤ちゃんと呼ぶ桜咲だが、今だけは、この瞬間だけは桜咲の方が赤ちゃんのようであった。

「うそつき‼」

桜咲は叫ぶと、そのまま走り去った。代吉は呆気《あっけ》に取られ続けていて、追いかけるべき、という決断をするまでに数秒を要した。

「すみません、佐古《さこ》くん……私が不用意に話題を振ってしまったものだから、花曇さんに変な勘違いを……ほ、放心しているようですが大丈夫ですか？」

「あっ、す、すみません……急展開過ぎて、ちょっと意識が飛んでました。その、いきなり現れたのは桜咲の方ですし、それに、先生だけじゃなくて黙ったままだった俺も悪いので、謝る必要なんてないです。とにかく、俺は桜咲を追いかけますので！」

こうした事態を招いた戦犯は一体誰だろうか？　気が緩んでいた代吉だろうか？　そん

な代吉に声をかけてしまった教師だろうか？　それとも、代吉をからかおうと思って後ろから近づいてきた桜咲だろうか？

いや——誰も悪くないのだ。

仮に代吉が何の事情も抱えていなければ、微笑ましいだけの青春の一幕で終わったことだからだ。「びっくりした？」と桜咲が声をかけてきて、「驚いた」と言って、それを教師も「まったく」と呆《あき》れてそれで終わっていたのだ。

だから、誰かが悪いのではなくて、運や間、今までの経緯、状況が悪かったのである。そうとしか言いようがないのである。

見方を変えれば、これが運命だった、と見ることもできそうな気が代吉にはした。今までのことは思い出に留《とど》めて桜咲とは縁を切って前の自分に戻るべきだ、と神さまが言っているようにも見えるタイミングだからだ。

では、諦めるべきだろうか？

これが運命なのだと受け入れて、全てを投げて、今までのことは思い出に留めて、桜咲を見つける前に逆戻りするべきなのだろうか？

それは嫌だと代吉は思った。

だから、気づけば追いかけていた。

代吉はひとまず、校内の隠れられそうな場所の捜索から始めた。もしも校内のどこかに隠れているのであれば、必ず発見できる自信もあるのだ。日ごろ学校側からの頼まれ事をこなしていたからこそ、人が隠れられそうな場所を全て知っている。

代吉は恐らく、歴代の生徒も含めて、一番校内の構造を把握している。しかしながら、そんな代吉を以《もっ》てしても、校内で桜咲を見つけることはできなくて……。

「俺が校内で見つけられないってことは……外に出たのか……？」

代吉はようやく、桜咲が学外へと飛び出たことに思い至った。代吉は慌てて昇降口を抜け、捜索の範囲を学外へと広げようとする。

だが、そんな一刻を争う時に、まさかのタイミングで、椿《つばき》がいつもの調子で友だちを引き連れて代吉の前にやってきたのであった。

「ざこ発見！　学祭近くて色々やってる子もいるけど、うちらはそんなでもないから、今日はきー君を探しに行こうと――」

「――椿、お前どのくらい前からこの辺にいた？」

「え？　あぁ、きー君待ち伏せするつもりだったから、まぁ、二十分か三十分くらい……ぐるぐる回ってたかも？　友だちとお喋《しゃべ》りしながら」

「泣きながら出て行った高等部の女子を見なかったか？」

　代吉が真剣な表情で問いかけると、今はからかってよい場面ではない、と椿もさすがに気づいたらしく素直に答えてくれた。

「あー……いた、かも。おっぱい大きい感じの人が、なんか走ってった。皆も見たよね？　多分だけどリボンの色的に高等部の一年の人だったよね？」

「見た見た～。一年の人だった」

「なんで泣いてたんだろうね。先生に怒られたとか？」

「怒られての涙には見えなかったけど……違う意味での涙というか……っていうか、従兄《いとこ》先輩と何かあったんじゃない？　だからこうして話を聞かれてんじゃないの？」

「女を泣かせたのかぁ……まぁ、いうて従兄先輩まぁまぁカッコいいし、そういうこともあるのか」

　なんやかんや言われているが、その内容を気にする余裕は代吉にはなかった。とにかく、桜咲が外に出たのが確定した、という事実だけで十分だった。

　代吉は「ありがとう」と簡単に礼を言って、すぐに思い当たる場所へと向かうことにした。すると、椿が友だちを置いて代吉を追いかけてきた。

「ちょ、ちょっとき一君……何があったの？」

「いや、その……」

代吉は言い淀んだ。椿に桜咲のことを説明したことが一度もないからだ。昔話にそれとなく出てきた時も、上手《うま》く話題を変えて逃げてきた。

「泣きながら走ってったあの高等部の女の人を探してるの？　手伝うよ？　でも、事情だけは教えて」

「…………」

代吉は、椿を巻き込むことに抵抗感を抱いて悩んだ。あくまで自分と桜咲の問題で、だからこそ、無関係な椿に余計な心配をされたくもないから今まで隠してきた、というのがあるのだ。

だが、こうした状況になってしまった以上、仮に代吉が何も言わなくても理由を知らずとも椿は自発的に協力してくる性格だし、それを拒否しても、勝手に手伝ってくるに違いなかった。

つまり、真実と事実を伝えなければ、自分は椿を便利に使ったことになる――事実上そうなる、ということに代吉は後ろめたさを感じた。

椿は優しい子で、こんな自分にも気を使ってくれる子だ。だからこそ、さすがに、このような状況になっては隠し通すこともしたくない、と代吉は思った。

だから、全てを伝えることにした。

「俺は前に椿にウソをついた」

「え……？　突然どしたの？」

「この前、両親が話題に出た時に、椿は俺が気にしてた女の子がいたって話を出したろう。俺は覚えてないと言ったが……それがウソなんだ。本当は覚えていた。しかも、その子は俺たちと同じ学校にいる」

「それ本当……？」

「本当だ。全部話す。椿がさっき見たと言ってた泣いてた女子生徒、花曇《はなぐも》桜咲は——」

代吉は包み隠さず椿に話した。

その判断に至ったのは、自分が上手くこの場を誤魔化して、そのうえで何もかもを解決できるほど有能で優秀である、とそう思えなかったのもある。

ともかく、椿に話したことは、思いつく限りの今までの経緯全部だった。

両親が亡《な》くなったその日の最後の言葉と笑顔と、桜咲との関係。そんな桜咲の入学に気づいてから、その学校生活を裏でこっそり支えてあげていたこと。

そして、そうした行動を『自分のことが好きだからなのかな』と桜咲に勘違いさせてしまい、逆に興味と好意を持たれて距離を近づけられてしまって……。

ただ、そうこうしているうちに、桜咲のことを異性として見る気はまだないものの、無理に隠れずに普通に接しようと思ったこと。

そうした矢先に——自分が見守っていた元々の理由が桜咲《さき》に露呈してしまい、泣かれて逃げられてしまったこと。

全部だ。

「まぁ、俺が全部悪かったのかもしれない。そういう気もする」

全てを聞いた椿は、苦しそうな表情になって、それから顔を伏せた。

「きー君は悪くないよ。だって、そういう話なら仕方ないじゃん。勝手にきー君が自分のこと好きかもって花曇先輩とやらが勘違いしたのが悪いんじゃん」

「いや、何も言わずに陰から様子を見られていたら、もしかしたら自分のことが好きなのかもって、そういう風な感情を抱いて少し気になってくるのも、それ自体は普通だとは思う……ただ、そこに、深い理由があった、みたいになると、自分がピエロだったのかもと傷つくのも、そうかなと思う」

「きー君……本当はちょっとくらい、花曇先輩のことをイイと思ってた、とかそういう気持ちあったりしない？」

「俺はただ、両親のことを忘れたくないって気持ちで、一方的に色々と支えるようなことをしてしまったのが、おかしかったことに気づいたんだ。それに、桜咲がいい子だというのも見ていて分かってしまったから……一人の人間として、接したくなった」

代吉《だいきち》が本心を言い終えると、椿は皺《しわ》を寄せた眉間を指で押さえて「むむむ」と唸《うな》るが、それからすぐに呆れたように大きなため息を吐いた。

「わかった。わかりました。好きだからじゃなくて、一人の人間として、ね。それ信じるから、探すの手伝う」

代吉はふと、自分が桜咲を追いかける理由を『好きだから』と答えていたら、椿はどんな反応をしたのだろうか？　と気になった。

椿は〝お兄ちゃん〟は駄目な男だ、と幻滅するのだろうか？　仮にそうだとしたら、少し嫌だと代吉は思った。

代吉は心のどこかで、椿に幻滅されたくない気持ちを持っているのだ。もちろん、あくまで〝もしも〟の話であってただの想像だ。

今はそんなことよりも桜咲を見つけることの方が大事であって、代吉もそれぐらいは理解していた。

「きー君、花曇先輩が行きそうな場所に心当たりはないの？」

「いくつかあるし、その中のどこかにいる確率は高いが……だが、絶対いるとは限らないからな……手分けして追いかけたい。椿には女の子が行きそうな場所を探して欲しい」

「はいはい」

代吉が両手を合わせて頼むと、椿は踵《きびす》を返して繁華街の方へ向かった。代吉も心当たりのある場所を順番に当たることにした。

桜咲が学外に出た場合に行きそうなところ――それは自分との思い出がある場所、と代吉は考えていた。

2

大事に抱えて擦り切れそうな両親との思い出についた小さなほつれや汚れ……その一つ一つを数える度に、代吉は悲しい気持ちになることが多かった。

いつかはこれを手放す日がくるのだろうと感じていたし、それが大人になる、ということなのだとも代吉は理解はしていた。

大切にすべきは、桜咲のクラス担任も言っていたように、〝過去〟ではなくて〝今〟なのだ。代吉は特待生として入学してきた桜咲と再会する前から、実はそうしたことには気づいていた。

けれども、それがわかっていても、最近まで受け入れられなかった。だからこそ、代吉は桜咲を見つけてから、ずっと陰で支え続けてきたのだ。

桜咲が何を望んでいるかを気にせず、それを知ろうとも思わなかったのは、〝今〟を見ようとしていなかったからだ。

「俺は……」

代吉は足を止めると俯《うつむ》き、涙を幾粒も零《こぼ》した。路面に落ちた涙が小さな音を立てて染《し》みを作っていく。

「俺は……自分を優先してばかりだ……」

代吉が吐露したその言葉は偽りのない本心で、そして、それは桜咲に対してだけではなくそれ以外の人に対してもそうであった、ということにも気づいた。

例えば、椿に対して距離を取っていたのは自分のペースを乱されたくないからで、幸子《さちこ》に優しくしているのも、エレノアの機嫌を損ねることで日常を生き辛《づら》くなることが嫌だからという気持ちも――無意識のどこかにはあったような気もしてくるのだ。

なんだか息苦しくなって、嘔吐《おうと》したくなるような気持ち悪さがこみ上げて、代吉は自分自身の歪《いびつ》な部分から再び目を背けるようにして横を向いた。

すると、雑貨店のショーウィンドウがそこにはあって、透明なガラスに反射して今の自分の顔が映った。

建前やつけた理由ばかり立派で、自分が傷つかずに済むことばかりである情けない顔の男がそこにいた。

（こんな俺に桜咲を追いかける資格があるのか……？）

もう桜咲のことは忘れて探すのも止《や》めるべきかもしれない、なんて考えも代吉の脳裏にチラつき始める。

けれども、少し遅れて、代吉の心の中に色濃く縁どられるように沢山の情景が浮かび上がってきた。

桜咲は楽しいことがあれば笑うし、歳《とし》相応に恋愛にも興味があるし、感受性が豊かで突拍子もないことをしたりもする子だった。

そうした桜咲の姿を見続けたからこそ、代吉は、自身の行動の動機を既に根本から変えているのであって、ようやくその実感を抱けるようになってもいたのだ。

自分の過去の記憶を大事に抱える為《ため》ではなくて、桜咲の未来が明るくあって欲しいと――つまり、自分の為ではなくて、本当の意味で桜咲のことを考えるようになっていた。

椿《つばき》や幸子についてもそうだ。

代吉は自分が楽でいられるかどうかではなくて、二人の気持ちがどうであるか、ということも考えているのだ。

そもそも、代吉の持つ歪な部分というのは、人間ならば誰しもが持つ側面の一つでしかなかったりする。

そうではない側面も人は持っている、ということでもある。

それは、ほんの少しだけ冷静でいられたのならば、とても簡単に、当たり前に誰にでもわかることだった。

だから、代吉がそのことに気づけたのも当然であった。

(俺はまた変なことを考えてしまってる。俺は心が弱いからこそ、本当に自分の為だけを考えていたのなら、もっと前に桜咲から離れて全部投げだしていたに違いなくて……それなのに見守り続けることができていたのは、自分の為だけじゃない、って部分も俺にはあったからってことだ。資格がどうとかも、それを決めるのは俺じゃなくて桜咲で、勝手に答えを決めつけてしまってることの方がずっと乱暴で横柄《おうへい》だし、無神経だ)

等身大の自分と向き合えるようになっていた代吉は、〝桜咲を追いかけない〟という選択肢を気の迷いと断定して捨てた。

桜咲はもちろん、椿、幸子、エレノアとの新しい沢山の思い出と触れあって癒《いや》されて、代吉は少しだけ強くなっていた。

もう、自分の弱さから逃げる必要なんてないくらいに……。

ショーウィンドウに映る代吉の情けなかった顔は、いつしか、精悍《せいかん》な男の子のそれになっていた。

自分がすべきことを代吉はわかっていた。

ただ、最後に――そう最後に、代吉はもう一度だけ両親の顔を思い出そうとした。名残惜しいからではなく、〝さよなら〟と決別の言葉を告げる為に、柔らかで朗らかなあの笑顔を思い出そうとした。

しかし、既に擦り切れてしまった過去の記憶は、白い霧がかかったようにボヤけていて、もはやその輪郭すらも失いただの影になっていた。

ただ、その影が手を振ってくれたような気が代吉にはした。

自分たちのことはもういいから、今の自分の傍《そば》にいる生きている子たちを大事に、とそう言われているような気がした。

思い出の中の両親との別れは少し前にもう訪れていたのだ。

さよならは済んでいた。

夕日が西に沈み始め、東の空に星明かりが浮かび上がってくる。気づけば止まっていた代吉の足は動き出していて、一歩、また一歩と前に進んでいた。

気温は八度。風は弱め。時たま流れてくる色のない風が空気を乾かして、少しだけせき込みそうになる。

唾を飲み込んで喉を潤しながら、代吉はひたすら走った。


——だ、誰かに追われてるの？　今の子。

——やべぇ顔してるな……あの制服、有名な学校のやつじゃね？　ほら、上流階級の子どもたちが通ってるとかなんとかって学校。

——ほんとだ。襟のライン。

——てか、別に誰も追いかけてきてなくね……？

——じゃあ塾に間に合わないとか？　いや、塾みたいなのとかに行く必要ない学校なハズだよね。

——謎だ。


人より少し遅れたけれども、普通ではない人生を送ってきたけれども、深く刻まれた傷を抱えていたけれども、それでも訪れた、爽やかさの中にほんのりと苦味を伴う青草を鼻先に近づけた時のような感覚。

それに、どのような解釈や言葉を当て嵌《は》めるかは人それぞれだ。

ただ、要らないとかどうでもいいとか、そんな当人の気持ちなど関係なく訪れるものであるのは確かである。

仮に代吉《だいきち》が今とは違う答え——例えば、全てを拒絶して自分の殻に閉じこもる選択をしたとしても、それはきっと別の形で訪れたに違いなかった。

ただ、代吉は別の形ではなくて、今の形を選んだ。誰に言われたわけでもなく、仕方なくそうしたのでもなく、自分自身でそうであることを望んだ。

そうして心の整理がいち段落ついたところで、代吉は、思い出を振り返りながら、心当たりのある場所——一緒に行ったことがあるところへと向かうのであった。

まずは100円ショップだ。初めて桜咲《さき》とお出かけした場所だ。代吉は残照に目を細めながら駆け足で店内に入ると、周囲をきょろきょろと見て回った。

息を荒らげながら必死に桜咲を探す代吉の姿は、店内の客からの視線を随分と集めた。

だが、もちろん代吉はそうした他人からの注目など、全く気にしなかった。

——あんなに慌てて……どうしたんだ、あの学生の男の子は。

——誰かを探して……る？　なんかすっごく青春の香りがするなぁ。

しかし、桜咲の姿は100円ショップにはなかった。

「次だ、次」

代吉は100円ショップを飛び出すと、桜咲と一緒にフラッペを食べた店を思い出し、急いで向かった。

だが、そこにも桜咲はおらず、代吉は周囲の人から不審な目を向けられるのみだった。

「ここも駄目か……」

辺りはすっかりと暗くなってしまっているが、簡単に諦める気も代吉にはなく、今度は幸子が頻繁に預けられている学童保育へと足を運んだ。桜咲が付いてくると言って、幸子と会わせることになった場所だ。

しかし、桜咲はいなかった。


――あら、いつも幸子ちゃんの迎えにきてくれている男の子……あ、でも、今日は幸子ちゃんエレノアさんがもう迎えにきてたけど。

――いえ、幸子の迎えにきたわけではなくて……すみません。

代吉は学童保育の職員に会釈《えしゃく》をすると、それから、すぐ近くの幸子が通っている小学校にも足を運んだ。ここも桜咲と一緒にきた場所だ。

だが、桜咲はいなかった。職員室に僅かばかりの明かりが点《つ》いているが、見えたのは教職員の姿であって桜咲ではなかった。

「いないか」

他にも思い当たる場所を代吉は全て探した。しかし、どこにも桜咲はおらず、とうとう次が最後というところまできてしまった。

「……最後は動物園か」

動物園にもいなかった場合、椿からも発見連絡がきていない以上、残るは桜咲の自宅のみとなるが、それは代吉の手から事態が離れることも意味していた。

だから、ここが最後、と代吉は考えていた。

桜咲の両親に事情を説明する覚悟は代吉にもあるものの、そうなってしまえば、恐らくは色々と大変なことになるのも想像がついた。

そうなれば、自分だけで桜咲と対話をしての解決は不可能になる、と代吉は理解していた。だから、願うことならばここで見つかって欲しいと代吉は祈る。

すると、そんな代吉の思いが神さまにも届いたのか、桜咲はいた。

営業時間も終わり、人気《ひとけ》がなくなっていた動物園前に設置されていた長椅子に座り、握った両の拳を膝の上に置いて、桜咲は俯《うつむ》いてぽたぽたと涙を流していた。

代吉は安堵《あんど》の笑みを浮かべつつ、まず先に、桜咲を発見したことと自分の居場所をチャットで椿に送って伝えた。それから、桜咲にゆっくり近づいた。

「うぅ……私……私……」

代吉は桜咲の涙に動揺しなかった。こうなっていることくらい、簡単に想像がついていたからだ。

自分に好意があるから優しくしてくれていると思っていた異性、それも自分も気になっていた異性、そんな人物の優しさが本当は好意からではなかったことに複雑な思いを抱くのは、多感な思春期においては当たり前だからだ。

代吉は、桜咲の感情や情緒がぐちゃぐちゃになるのも必然、と受け入れていた。

「代ちゃん……先輩？　やだ！　私のこと見つけないで！　こっちこないで！」

桜咲が代吉に気づいて大声でそう言い放った。代吉は、桜咲のそうした言葉の裏にある心の叫びを、きちんと感じ取って受け止めた。

だからこそ、代吉は一歩、また一歩と桜咲に近づいた。

「こないでって言ってるじゃん！」

桜咲が何度叫ぼうが、代吉は近づくのをやめなかった。本当に自分を嫌がっているのであれば、言葉での拒絶ではなく逃げて意思を示すハズだ、と代吉は思ったからだ。

桜咲がなぜここにいるのか、というと、諸々《もろもろ》の秘密の一端を垣間見《かいまみ》た時に逃げたからである。

本当に嫌な時、どうすればいいかわからない時、拒絶するのではなく逃げると桜咲は先んじて示しているのだ。

これが私だよ、と桜咲はいつだってきちんと見せてくれていた。

だから、代吉は、桜咲の目の前に辿《たど》り着くと目線を合わせるようにして屈《かが》み――

「ごめんな。……全部話すから」

――そう言って、桜咲の小さく細く、柔らかなその指に重ねるようにして自らの手をそっと置いた。

「…………」

桜咲は、もう何も言わなかった。威勢のよい言葉を吐き出すこともなければ、代吉の手をはねのけることもしなかった。

代吉の感覚は見事に当たっていた、ということだ。

「……うん」

桜咲は小さく頷《うなず》いた。

もしかすると、代吉は桜咲に試されていたのかもしれなかった。自分に優しくしてくれる理由に好意も含まれているハズだと思いたいから、強い言葉をぶつけても見捨てずに傍にきてくれるハズだ、と……そういう見方もできそうではあった。

ただ、そうした桜咲の心情など代吉は知る由《よし》もないことだ。

それはともかく、代吉が真正面から向き合うと決めたからこそ手繰り寄せられた解決であったのだけは確かだ。

代吉は一呼吸置いて、それから、ぽつりぽつりと全てを話した。

以前に両親が日本にはいない、と言ったのはある種の方便で、そもそも故人であるのでこの世にいないという意味であったこと。

実は桜咲とは一度会ったことがあって、その時にまだ存命だった自分の両親が桜咲について話題で触れ、その言葉に自分自身が囚《とら》われていたこと。

だから、最初は桜咲の為《ため》ではなくて、自分自身が両親のことを過去にしたくなかった独りよがりな気持ちから陰で助け始めたこと。

桜咲の様子を頻繁に見に行っていたのは、あくまでその一環であったこと。

「そう、なんだ。代ちゃん先輩に辛《つら》いこと、沢山あったなんて私気づけなくて……それで、私のこと、好きとか、そういうんじゃなくて……」

そこまで話を聞いて、桜咲《さき》は落ち込んだ様子を見せた。今までの自分が空回っていたのだと羞恥を覚えているようだった。

少しだけ重苦しい空気が場を支配するが、しかし、それも一時だけのことだった。代吉《だいきち》の話はここで終わるわけではなくて、もちろん続きがあるからだ。

代吉は、自分の今の気持ちについても最後に吐露した。

最初の理由はそうであったが、実のところ、途中から両親との思い出の為ではなくて、本当に桜咲のことを考えるようになっていた、と真実を伝えた。

「桜咲のことを陰で支え始めるようになった理由は、確かに俺自身が両親との過去をいつまでも大事に抱えていたせいだ。だけど、途中からそれはどうでもよくなったんだ」

「え……？」

「俺自身が桜咲の未来が明るいものであればいいと、そう思うようになった。俺自身がそうしたいと思うようにもなった」

「うそ、そんなのうそ……気なんて使わないで……」

信じられない、といった表情で桜咲は首を横に振る。代吉は桜咲の手をぎゅっと握りしめ、自分の言葉が本当であると行動でも示し続けた。

「うそじゃない。本当だ。思えば……だから俺は隠れ方も中途半端《ちゅうとはんぱ》だったのかもしれない。そもそも、桜咲の様子を自分で見に行く必要なんて俺にはないハズなんだ。桜咲の担任に聞けば様子は教えて貰《もら》えるんだからな」

「………」

「でも、俺は自分で桜咲の様子を見に行き続けた。それは無意識に桜咲に俺を見つけて欲しい——存在を認識して欲しい、と思っていたから……という風に見ることもできる」

「それって……」

桜咲の顔が真っ赤に染まる。肌寒い秋の夜風に撫《な》でられてなお、その頰は熱を点《とも》して一瞬のうちに紅潮していた。

そして、一方で代吉はというと……桜咲のそうした変化に困惑していた。代吉は、自分が出した言葉は特別な意図のないもので、あくまで桜咲と普通に接してみたい気持ちが途中からあった、くらいの感覚であったからだ。

それがどうにも変な風に伝わっている、と代吉は感じていた。

（桜咲がおかしくないか？　どういうことだ？）

代吉は首を捻《ひね》って悩んだ。そして、自分の言い方がそもそもおかしかった、ということに気づいたのである。

自分の今しがたの言動はまるで——

「代ちゃん先輩……少しずつ私のことを……そのうちに本気になったってコト？」

――途中から本気で桜咲に惚《ほ》れたから存在感を示そうとしていた、と受け取られてしかり、としか見えなかったのだ。

代吉の額に玉のような汗がぷつぷつと浮かび始めた。代吉は慌てて否定しようとも思ったが、そうすると桜咲がまた泣くかもしれない、という最悪の可能性にも気づいて身動きが取れなくなった。

全てが一件落着となるかと思いきや、このような流れになるとは……まぁ今までの行動を振り返ってもわかることだが、代吉も決して完璧な人間ではない、ということだ。

どうにか可能な範囲で軌道修正を図らなければ、という気持ちを抱く代吉は、話をウヤムヤにするという苦肉の策に出るのであった。

「その……この話は終わりにしようか。俺も色々と感情がぐちゃぐちゃで、経緯を伝えるだけで精一杯で、安心して疲れが一気にやってきたというかだな」

「そっか、じゃあ後日改めてハッキリ言葉にして新しい関係性に、ってコト？」

「そうじゃなくて、俺は一人の人間として向き合おうという、そういう心構えであってだな。とても難しい話なんだ。だから話は一旦終わりだ」

「勇気が必要でちょっと時間かかるとか、そういう感じ？　私はいつだって二つ返事だから別に代ちゃん先輩は勇気を持つ必要とかないけど……ただの確認作業だよ？」

「いや、その、うーん……まぁひとまず今日はもういいと思うんだ俺は。色々と考えないといけないこともある」

代吉は何度も話を終わらせる方向に持って行こうとするが、しかし、桜咲はその度に軌道修正を図ってくる。

「色々と考えたいこと……将来的には結婚を視野に入れたりとかもあるから、そういうのも含めてみたいな？　そ、そういうの、普通の子は重いって感じるかもだけど、私の場合はそういうのは早く決まった方が嬉《うれ》しいとゆうか、勉強に集中できないみたいなのも減るから、今後のことを考えると早めに、なんなら本当に今日言って貰えると助かるとゆうか」

「…………」

「あっ、でもそれは私がそうして欲しいってだけだし、もしかすると代ちゃん先輩的には……恋愛小説とかみたいに、日々を重ねてその先で想《おも》いを通じ合わせる言葉を……的な？そっか、なんかすぐに恋人同士に、とかだと発情した動物みたいだもんね……おかしいよね！」

何を言っても異性として、という枕詞がつくように桜咲は解釈していることを目《ま》の当たりにし、代吉は自らの退路が塞がれていくのを感じた。その結果、代吉は背景にある動物園で以前に見たマーモットのような顔になっていた。

「でも、今まで私が支えて貰ったお返しに、今度は私の方が代ちゃん先輩のこと支えてあげたいって思うんだ。だから、今言って欲しいって気持ちはやっぱりあって……いいよね？」

桜咲は優しく柔らかく、代吉の手を握り返してきた。桜咲は代吉の過去を聞き、今度は自分が支える側になりたいと意思表示をした。

桜咲がこうした状態なのは、ある意味でこれも惚れた弱み、というやつなのだろう。桜咲は代吉からの応答を求めているのだ。

何かしらの答えを、代吉は今ここで出さねばならなかった。

代吉はじっと桜咲を見つめる。桜咲はごくりと唾を飲み込んで代吉の瞳を見る。なんとも甘々しい雰囲気に、代吉は思わず頷きそうになる——が、代吉はふと入口近くの檻《おり》の中にいるゴリラが、こちらを見ていることに気づいた。

以前にこの動物園にきた時に代吉が見た、イケメンのゴリラだった。ゴリラは腕を組んで「ホッ」と小粋に笑っていた。

突如として現れたコミカルな観客の存在に、代吉は思わず声を上げて笑った。そうした代吉の姿は当然に桜咲を困惑させるに至ったが、しかし、桜咲もすぐにゴリラの存在に気づいたようだった。

「ゴリラがこっち見てる……」

「あはははっ」

代吉はゴリラに感謝をしたい気持ちにもなった。桜咲の意識もゴリラに向いたお陰で、強制的に恋愛的な雰囲気が終わったからだ。

「せっかくいいところだったのに……ゴリラのせいで……」

邪魔者の登場に水を差された桜咲は、ぶつくさと文句を言いつつも、先ほどまで見せていた『今ここで絶対に代ちゃん先輩と恋人になる』といった闘志を弱め、代わりに面白くなさそうにムッと頰を膨らませていた。

桜咲が勢いを弱めたのを見て、代吉は安堵《あんど》して、そのまま地面に寝転がった。なんだか気が緩んでしまった代吉は、疲れも溜《た》まっていたこともあって、このままここで寝てしまおう等と普段なら取らないような大胆な行動に出た。

「ちょ、代ちゃん先輩！」

「疲れた。寝る」

「ここお外！　疲れても寝たら駄目！　誰かきたら変な人だって思われちゃうよ！」

「……変な人だって思われても別にいい。寝たい」

「駄目だって！　ほら誰かこっちきて……あれ？　あの制服、中等部の女の子……？」

「いた！　きー君……なんで倒れてるの⁉」

すやすやと寝息を立て始める代吉の視界に最後に入り込んだ光景は、一生懸命に肩を揺さぶってくる桜咲と、息を切らしながらこちらへ向かってくる椿《つばき》の姿だった。


——あ、あの……きー君、なんで倒れてるんですか？

——誰……？　てか、きー君って、何その呼び方……。

——花曇《はなぐも》先輩……で間違いないですよね？　これはどういうことですか？　まさかと思うんですが、きー君に暴力とか振るったんですか？

——そ、そんなことしないよ！　中等部の子がなまいきな口を利《き》かないで！　っていうかあなた誰なの⁉

——誰って、従妹《いとこ》ですよ。佐古《さこ》代吉の。中等部三年、山茶花《さざんか》椿ですが。

——え⁉　従妹なんていたの⁉

——うちがそうです。そんなことより、もう暗いんで花曇先輩は帰った方がいいですよ。きー君はうちの親を呼んで家まで運びますし、必要なら救急車とかも呼ぶので。

――そ、それなら、私も……ついてく！

――ご両親とかに心配されないんですか？　きー君は優しいんで、花曇先輩が親と仲悪くなったとかなったら、めちゃくちゃ気落ちするので。その慌てようとか見る限り、花曇先輩ってどう考えてもきー君のこと好きですよね？

――好き……だけど……。

――好きなのに、きー君の気持ちを考えてあげられないんですか……？　好きなら早く帰ってください。それが一番です。親戚のうちが言うんだから間違いないです。それとも、人の話を冷静に聞けないくらい情緒不安定なんですか？

――そんなこと、ないもん。そっちこそ、どう見ても代ちゃん先輩のこと好きじゃん。

――好きですよ？　でも、だからって変な意地を張って残ろうとしないでくださいね。そういうの、きー君が嫌がることですから。今から花曇先輩の為《ため》にタクシー呼びますから。あ、お金はうちが払います。

――……い、いい！　一人で帰れるから！　私は代ちゃん先輩のこと……ううん、代ちゃんのこと好きだから迷惑かけない！

桜咲と椿はどうにも棘《とげ》がある言葉の応酬をしていた。こういう時には仲裁役が必要だが、その役目を担《にな》える代吉《だいきち》が寝てしまっている。

まぁこうした事態も人生の醍醐味《だいごみ》ではあるのだ。多少は絡《から》まった人間関係があったとしても、それもまた一興なのだ。

というか、である。

度々に言えることではあるが、本を正せばすべては代吉のせいだ。桜咲のことも、椿のことも、そんな二人が邂逅《かいこう》してしまって火花を散らしているのも、代吉が積み重ねてきた選択の帰結であるのだ。

因果応報――それは良いことにも悪いことにも適用される、というわけだ。

3

気持ちよさそうに寝こけていた代吉だが、時たま頬にじんわりと広がる温《ぬく》もりと圧迫感に息苦しさを感じて眉を顰《ひそ》めることもあった。

代吉は寝ぼけつつ薄《う》っすらと瞼《まぶた》を上げ、そして、椿が膝枕してくれていることに気づいた。

――前にきー君の寝顔を見たの、いつだろう……。ずっと前だった気がする。

――今なら、少しだけ本音を言ってもいいかな。うちね、きー君のことを、誰にも渡したくないの。きー君の気持ちとか、そういうのわかんない女には傍《そば》にいて欲しくないし、隣にいていいのはうちだけって、そういう風に思ってる。

――……酷《ひど》いよね、うち。きー君がうちのこと好きかどうかよりも、うちがきー君のことを好きかどうかの方が大事で、だからうちの気持ちを受け入れて欲しいってばっかで、それも行動に出ちゃってて……。

――きー君のこと、よわよわってうちは言うことあるけど、でも、本当はつよつよだよね。だって、うちはもう負けちゃってるから。……大好きで、大好きだから、大好きなんだ。

――だから、うちの初めてをあげる。これがきー君にとっても初めてだったら、凄《すご》く嬉しいな。

代吉はまだ少し眠くて、ぼーっとしていて、だから、椿がごにょごにょ何かを言っているな、くらいに思っていた。

（もう少しだけ……）

再び寝入ろうと代吉が瞼を閉じると、唇に柔らかな何かが押し当たる感触があった。そして、以前にもどこかで嗅いだことのある、蜂蜜とミルクを合わせたような匂いが鼻先を掠《かす》めて、代吉の眉がひくひくと動いた。

――ふふ、きー君、かわいいな。

椿の太ももは、妙に落ち着くような心地のよい柔らかさだったから、代吉は『ずっとこのままでいたい』なんて思ったりもした。

だが、代吉は自分が外で眠ってしまったことを思い出して、がばりと起き上がる。すると「わっ」と椿が驚いた。

「……結構よく寝てしまった」

「急に起きないでよビックリするからさ。……体調どう？」

「体調は大丈夫だが……それより、膝枕までさせてしまって……なんだかすまなかったな」

「本当にね。連絡きたから急いでここまできたらきー君は倒れてて、花曇先輩がきー君の肩を揺すって『起きて起きて』って言ってて、それで、うちがどうにかするからって言っ

て、花曇先輩とちょっとだけ色々あったけど、とにかく、きー君風邪引いたら駄目だから膝枕してた」

椿の説明はイマイチ要領を得ない感じではあったが、代吉は椿との付き合いが長いのもあって、なんとなく全体像くらいは摑《つか》めた。

（要するに……追いかけてきたら俺が倒れていて、桜咲も困惑していたので上手《うま》く対応したという感じか）

と、代吉は椿の説明を平易に咀嚼《そしゃく》する。

「俺が眠ってた間に、色々なんとかしてくれた、ってことだな」

「う、うん！　そうそう！」

代吉に理解して貰《もら》えたことが嬉《うれ》しかったらしく、椿はにこにこしながら何度も頷いていた。だが、そうした可愛《かわい》い姿も一瞬だけであったようで、椿はすぐに表情を一変させ、今度は口笛を吹きながらいつものなんだか憎らしい態度になった。

「きー君はザコだからねぇ、うちがいないと何もできないのだ～」

椿がなんとも生意気に舌をちろりと出して煽《あお》ってきた。

いつもの代吉ならば、こうした椿の言動には若干の反発をするものだが、しかし、今ばかりはどうにもそうした態度を取れなかった。椿には桜咲の捜索を手伝って貰ったり、こうして介抱までさせてしまったりと、色々と申し訳なさを感じているからだ。

だから、代吉は苦笑しながらも「そうだな。俺はザコだから、椿のお陰でなんとかなった。ありがとう」——そう素直に椿に感謝を伝えた。

すると、そうした代吉の態度が予想外であったらしく、椿は「うっ」とのけぞっていた。

「急にそうやって優しくなって、ズルいんだよなぁ、きー君は」

椿《つばき》は耳まで真っ赤にして、ぷいっと横を向いた。こうした椿の反応は、代吉が想定していたものとは明らかに異なってもいた。

(いつもの椿なら、『そうそう、うちに感謝しなよ〜』とか言うハズなんだが……)

首を傾げて怪訝に思う代吉は、しかし、椿が桜咲と似た雰囲気を放っていることにすぐに気づいた。

そして、以前にもちらりと脳裏をよぎった、『もしかすると椿は俺のことを……』という予感に再び襲われ始めた。

ただ、今の自分は少し敏感過ぎる、とも代吉は思っていた。それゆえに、別の可能性を求めてしまった。

(もしかするとだが……椿は俺と昔のような兄妹《きょうだい》としての距離感で過ごしたい、と思っているだけなんじゃないか？　仮に昔の椿が今と同じような感じだったとしたら、遊んで

構って欲しいということか、と俺は思うだろうしな）

その解釈が正解かどうかは代吉にはわからなかったが、ただ、自分なりに腑《ふ》に落ちたし得心もできる推察であった。

だが、昔のような関係に戻るということは、椿が〝きー君〟ではなく〝お兄ちゃん〟と呼んでくるようになるのでは、と代吉は変なことを考え始め……。

代吉の気持ちとしては、今でも椿の兄のような立場といった意識はあった。だが、実兄ではないことも理解する歳《とし》であるからこそ、その呼び方を再びされたいかと言えばそうではなかったりした。

椿との距離感を考えて線を引くところは引かねば、と代吉は思う等する。そして、いつもの自分の遠回しなやり方を模索しようとする。

もっとも……そのやり方の結果が桜咲の一件でもある、と身を以《もっ》て知ったばかりでもあることから、代吉は最善を求めて別の方法を選ぶことにした。

とはいえ、いきなりやり方を新しくしても、大抵の人間はろくなことにならないし、それはやはり代吉とて例外ではないのである。

そして、代吉は自分が迷走して明後日《あさって》の方向へと全速力になっていることに気がつかないまま、今までの逆をやった方がいいかもしれない、とおかしな判断に至る。

具体的には、椿のからかいに対して、いっそのことドン引きさせる返答をすることで少し距離感を調整しよう、という決断を下したのだ。

「それで、うちの太ももの感触はどうでしたかねぇ？　中々味わえないよ〜中等部女子の太ももってやつは♥」

「そうだな……柔らかくて、なんだか女の子の匂いがした」

普通の女の子であれば嫌な顔をするであろう返答をした代吉は、けれども、穏やかに微《ほほ》笑《え》んでいた。これで目的を果たせるハズだ、という達成感と安堵《あんど》で満たされた顔だった。

代吉は気づいていなかった。

自分の言い方が、あくまで、相手がこちらを異性として認識していない場合のみ効果が強く発揮される類《たぐい》のものである、ということに。

逆に相手がこちらを異性として見ている場合には、効果も同じく逆になる可能性が高い、ということに。

相手に『自分は異性として見られているのだ』と感じさせ、そうした方向での関係性の進展を匂わせている、と捉えられても仕方がなくなる、ということに。

椿は急に俯《うつむ》いてもじもじとなり、恥じらう一人の乙女となっていた。それは明らかに妹としての反応ではなくて、どう見ても恋愛感情に苛《さいな》まれる女の子のそれだった。

代吉《だいきち》はぎょっとした。

「椿……？」

「今度は……きー君の方から」

椿は顔を上げると、瞳を潤ませながら、代吉の顔をじっと見つめた。それから、そっと瞼を落として目を瞑《つぶ》った。

例えるならば、それは〝キス待ち顔〟であり、さしもの代吉も椿が自分に向けている感情の種類を知ることになった。

代吉の思考はぐるぐるになる。

どこで椿からこうした感情を向けられることになったのだろうか？　と、今さらながらに考えたりもするが、その答えは出なかった。

なんにしても、桜咲との一件を上手に流せたかと思っていたら次は椿で、そうした現実が代吉に重くのしかかる。最終的に思考も停止した。

だが、そんな代吉にも救いはやってきた。

椿が呼んでいたという伯父——つまり譲治《じょうじ》がやってきたのだ。譲治は自身で運転する黒塗りの高級車を動物園の入口に横づけし、窓を開けて椿に声をかけてきた。

「椿！　代吉くんが大変って、どういう……なんだ気持ち悪い顔して。俺が聞き間違えるか何かして、本当はお前の方が大変とかそういう話か？」

助かったと代吉の頬は緩むが、一方で椿はぷるぷると震え、憤怒《ふんぬ》の表情で譲治の元へと向かうと何やら親子喧嘩《げんか》を始めた。

——パパ！　なんでくるの⁉

——なんでくるのって、お前が俺を呼んだんだろうが。

——そうじゃなくて！

——そうじゃないも何も、それ以外の理由なんて俺にはないんだがな。これが年頃の娘ってヤツなのか。気持ち悪い顔を親戚の男の子に晒《さら》して、挙句にこうして招集に応じたパパに悪態……どうしてこんな風に育ってしまったのか。代吉くんに迷惑かけてないだろうな？　お前も代吉くんの過去とか経緯を知っているだろうに、まったく。

——迷惑なんてかけてないっての。

代吉の目には親子喧嘩が長引きそうにも見えていたが、しかし結果的に、それはただの杞憂《きゆう》となった。口論がエスカレートする前に、譲治が話題を変えて先に矛を収めたからである。

——まぁ、なんでもいい。それより、代吉くんと会えると思ってな、そのうち渡そうと思っていたんだがこの前の出張土産……帰りの便を少し変えて、スコットランドで一回降りてな、そこで買ったんだ。紅茶。

——え？　紅茶？　きー君そんなお茶が趣味とかじゃなかったと思うけど……。

——俺なりの気遣い、ってヤツだ。それより、代吉くんがよければ送ってくがどうするって、これ渡すついでに聞いてきてくれ。

——自分で聞きなよ。

——少しくらいはパパのお願い聞いて欲しいんだが？　疲れた体にムチを打って、こうしてお前の呼びかけに馳《は》せ参じてきたんだし。

——しょうがないな……。

色々と落ち着いたらしく、椿が何やら贈答品のような箱を持って代吉のところへやってきた。

「伯父さん……元気そうだな」

「元気も元気、あと百年は生きるんじゃない？」

「さすがにそれは無理だと思うけどな……」

「そうそう、これパパから。スコットランドで買ってきた紅茶で、海外出張のお土産なんだってさ」

「そういえば、伯父さんが最近欧州との合同開発で出張がどうとかって、前に言ってたな」

「それ。あと、きー君がよければ送ってくけど、だって」

有難い提案ではあるものの、そこまでして貰うのもなんだか悪い気がしたこともあって、代吉は断ることにした。

「いや、大丈夫だ」

代吉が短くそう伝えると、椿は「そっか」と言ってくるりと踵《きびす》を返した。そして、椿は高級車のドアの前に立つと振り向き、代吉に向かって投げキッスをしてきた。

「だーいすき♥」

実父である譲治の前での椿のそうした行動は、まぁ本心からであるのもそうなのだろうが、さすがに今はからかいの要素の方が強くあるのが代吉にも理解できた。

「伯父さんが呆《あき》れてるぞ！　冗談もほどほどにな！」

代吉がそうたしなめると、椿は手を軽く振って、そのまま高級車に乗り込んだ。それから、代吉への挨拶なのか高級車はクラクションを一度だけ鳴らして、そのまま去った。

一人残った代吉は、譲治からのお土産を見つめた。スコットランドの紅茶――それだけで、代吉は譲治の意図を察した。

これはエレノア宛なのだ。

代吉は譲治が自分に特別な思い入れを持っている、ということを本人から直接教えられたことがあった。佐古《さこ》家の直系は自分と弟だけで、そんな大事な弟の子だから元々自分が後見人をやろうと思っていた、と。

だが、色々とあってそれが叶《かな》わなくて、と頭を下げられた。

つまるところ、そんな思い入れのある代吉のことを、成人年齢になるまで今しばらく引き続きどうぞよろしくお願いします、と譲治はエレノアにそう言いたいのだ。

それはとても日本人的な情緒からの行動で、正しくエレノアがそれを理解するかはわからないが……。

ともあれ、代吉はマンションの自室に帰宅してから、隣のエレノア宅を訪ねて茶葉を渡した。

「代吉どこか行ってたです？　それお土産ですか？　ありがとうですね～」

「そうじゃなくて、俺の伯父からですね」

「え？　ワタシはなにもしてないですけど？」

「まぁその、俺の面倒を見てくれていることへの感謝、ってことで」

「感謝？　よくわからないですね〜。嫌ならそもそも最初から引き受けませんから」

伯父の気遣いはどうにも上手《うま》くは伝わらなかったようで、エレノアは「なぜ感謝の品を渡されるのかわからない」といった感じだった。

日本に長く住み、ある程度は日本の文化的側面の理解も深まってはいるのだろうが、それでも少しの情緒の機微、という部分については難しいようだ。

こういった部分については、恐らく生まれも育ちもずっと日本である娘の幸子《さちこ》の方が敏《さと》そうでもある。

というか、実際に幸子の方が普通に理解していた。エレノアの後ろからひょこりと出てきた幸子は紅茶の箱を奪うと、

「ママ、こういうのは、『ん』って言ってもらってやるのが正解ってなもん」

「幸子〜！　そんなことないと思いますよ〜？」

譲治を知っている代吉は、幸子の方が正解だろうな、と思った。『よくわからないので』と突き返されたら、譲治は逆に困ってしまう性質《たち》の人間だからだ。

とにかく渡すものは渡せた。

代吉はその後、お風呂《ふろ》で改めて疲れを癒《いや》しつつ、ベッドに転がって再び寝入るのであった。少しだけ頬が寂しい気もしたが、それは心地の好い温《ぬく》もりだった椿の太ももの感触がいまだ残っているせいだった。

代吉は夢を見た。青空の下、まだ蕾《つぼみ》のまま花を咲かせていない桜並木の真ん中に代吉は立っていた。

今の季節は秋なのにこんな景色はおかしいから、これが夢だと代吉はすぐわかった。

「…………」

周りには誰もいなくて、時折吹く春風が頬を撫《な》でてきて、どうにも散歩日和のような陽気だったから、特には理由はないけれど代吉は歩き始めた。

いつこの蕾は花開くのだろうか――そんなことを考えながら歩くのは、楽しくて、そうこうしているうちに、代吉は自分がいつの間にか見知らぬ子どもと手を繋《つな》いでいることにも気づいた。

（幸子じゃない……誰だろうこの子は）

その子は代吉のことを「お父さん」と呼んで、「はやく行こうよ！」と手を引いてきた。

代吉がわけもわからないまま付いて行くと、ワンピースを着たシルエットだけの女性の後ろ姿が見えてきた。

「誰？」

代吉が訊《き》くと、子どもが言った。

「お母さんだよ！　お父さんが、好きになった人だよ！」

えっ、と代吉が驚くと、女性が振り向いて——それと同時に、代吉は夢から醒《さ》めた。窓の外から暖かな陽の光が差し込んできていて、つまり、もう朝だった。

「今の夢……」

どうしてこんな夢を見たのか、代吉にはわからなかった。ただ、振り向いた女性が誰であったのか、それが妙に気にはなった。

だが、夢は所詮夢だ。

いちいち気にしても仕方がないことではあるし、それに、学祭も近いことから今日も学校から何か頼まれるのは間違いなくて、それについて意識を向けるべきだ——等と代吉が考えていると、スマホが鳴って、鳴って、鳴った。

なんでそんなに鳴るのだろうか、とおそるおそる開いてみると、桜咲《さき》と椿《つばき》の二人からの連絡だった。

こういったことが重なる偶然もあるのだな、と思いつつ、代吉はそれぞれが送ってきた内容を確認することにした。

まずは桜咲。

――おはよ。昨日は、なんかごめんね。代ちゃん……私ね、代ちゃんのこと支えたいなって本当に思ってるよ。代ちゃんは、その、赤ちゃんだから、ちゃんと面倒みてあげないとだから♥

次に椿。

――きー君……昨日のうち、ちょっとおかしかったよね。でも、その、きー君は、ザ、ザコだからさ、うちが一緒にいてあげないと、ほら、やられちゃうから！

代吉《だいきち》はどう返信したものか悩み、結果的にスタンプだけ送って終わりにした。色々と昨日の今日であるので、下手な文章を送ると何がどう作用するかわからないこともあって、余計なことをしてはいけないと思ったのだ。

なお、この日登校してすぐに、代吉は桜咲の担任教師から何度も深々と頭を下げられた。

本当は教師の自分が周囲に気を配らなければいけないのに、色々と本当に迷惑をかけてしまって申し訳なかった、と。

桜咲の為《ため》の雑事引き受けについては、継続することで合意を得た。桜咲が頑張れる環境を作ってあげたい、という気持ちも今は自分自身のものだからだ。

4

日は進み……学祭の日がやってきた。沢山の在校生が行き交う中、代吉は今日も今日とて色々な雑事を引き受けていた。

ただ、桜咲のところへ行く、という前々からの約束もある。なので、時間を少し作って、そろそろ様子を見に行こうと思い立った。

と、その時だ。

ぴー、っと笛が鳴る音が響いた。そこには女性の警備員に止められている白系の制服――中等部の女子たちがいた。

「な、なんで!?　うちらだって楽しむ権利ありますって！」

「学祭は高等部と中等部で開催日は同じだけど、区分が分かれてはいるから、さぁお帰りになって中等部は中等部で楽しむように」

「それじゃきー君と一緒に楽しめないじゃん！」

「椿……今日は無理っぽいよ？　諦めて戻ろ戻ろ。中等部の方の学祭で我慢しよ～」

「まぁそもそも、普段の高等部突撃も本当は駄目だし」

「高等部と中等部の交流自体を否定まではされないから怒られてないだけで、あんまり快くは思われてないよね、多分。椿はなんだかんだ可愛《かわい》いし、見かけると声かけてくる男の先輩がまぁまぁいるから余計に風紀を乱してるとか思われかねない」

「修学旅行とかも中等部は中等部で三学年合同、高等部は高等部で三学年合同だし、中高で壁作ってるからね、この学校」

　椿とその友人たちが、女性の警備員に捕まっていた。そして、中等部は中等部で楽しむようにとそのまま引きずられていった。

　代吉は「やれやれ今日も元気だな椿は」と苦笑しつつ、桜咲の元へと向かった。すると、途中からどうにも人だかり——特に男子の群れに通路を塞がれていて、先に進めそうにはない場面に出くわしてしまった。

　なんとなく原因は代吉にもわかった。これは、桜咲が目当てという男子生徒の群れなのだ。

ここまで混雑しているとなると、どうしようもないので桜咲の様子を窺《うかが》うのを諦める、という手もあるが……だが、それでは約束を履行できなかったことになる。

それは人としてどうかと代吉も思うので、引き返すというのはなしにした。だが、この男子の群れを突き進むのも大変なのは事実であるので……そこで、代吉は別のルートを使うことにした。

代吉は来た道を戻ると、途中の階段にある用具庫の中を通り、そこにある裏口を使って一度外へと出た。

そして、壁に沿うように歩き、突き当たりにある非常階段を登った。非常階段は最上階の八階まで続いているが、一学年の教室があるのは三階だ。

代吉は三階の非常口の前に辿《たど》り着くと、右手側にある錠付きのフェンス扉の先へと合い鍵を使用して進み、あっという間に、桜咲の教室の窓の外側へ辿り着いた。

——はーい！　注文入りま〜す！

——人がいっぱい……いやぁ、花曇《はなぐも》さんが人気があるのは知ってたけど、まさかここまでとは。

——あ、でも、桜咲ちゃん確か代ちゃん先輩って人に来て欲しいって……。

――……うん。

――好きなんだっけ？　でも、廊下もぎっしりで、ここまで辿り着けるかどうか。

一体どんな話をしているのか、窓越しの代吉にはよく聞こえなかったが、そんなことはどうでもよいことで、とにもかくにも自分が一度は見にきた、という実績があればそれで約束を果たせるのだ。

代吉は窓をコンコンと軽く叩《たた》いた。

すると、中にいたお客の男子生徒たちは勿論《もちろん》のこと、桜咲やそのクラスメイトたちもぎょっと目を丸くして驚いた。

「だ、だだだ、代ちゃんどこから……！」

慌てて窓を開けた桜咲が話しかけてくる。代吉はいつも通りの無表情のまま、

「約束だからな。見にきた」

「だから、どこから！」

「外から」

「ここ三階だよ！」

「まぁ通路あるから」

「それ清掃業者とかの人が使う通路でしょ⁉　どこから入ればこの通路に出れるのか、わかんないよ普通⁉」

「俺この学校のことはなんでも知ってるからな。地下室があるのも知ってる」

「地下室なんてあるの⁉」

「まぁ、手伝いを続けてきたからな」

「あっ……そっか。そうだよね。私の為に……」

「まぁ俺がやりたくてやった。それだけのことだ。……それより、楽しそうでよかった」

代吉が微笑《ほほえ》むと、桜咲はもじもじとしながら、きゅうっと唇を窄《すぼ》め、今日の為に用意したらしい二尺袖の大正袴《ばかま》の裾を掴《つか》んだ。

「ど、どうかな？」

「え？　あぁ……その大正袴の感想か？」

「うん」

「制服も和セーラーだし、まぁ、日本的なのは見慣れてるしな……似たように見える」

「に、似てないよ〜！　制服には制服、こっちの大正袴には大正袴のよさがあるんだよ！どっちにもよさがあるんだよ！　赤《エ》ちゃんの代ちゃんにはわからなかったかなぁ？」

　桜咲が少し機嫌を悪くしていた。まぁその、似たようなもの、という自分の言い方が悪かったのは代吉も理解はできた。

だから、それっぽい言葉で誤魔化することにした。

「そうだな、赤ちゃんの俺の目には、どっちも同じくらい可愛く見えている、って話だ」

代吉がそう告げると、桜咲は今から『ぽっぽ～』と蒸気機関の汽笛でも鳴らすのかというくらい顔面を真っ赤にし、「んんん～～～‼」と悶《もだ》え始めた。

これ以上自分がいると、なんだか諸々《もろもろ》の迷惑にもなりそうだと思った代吉は、「じゃあな」と言って来た道を戻ることにした。

こうした一部始終を眺めていた女子は沸き、男子は全員がお通夜《つや》のような表情で、ただただ下を向いていた。


――あ、あれが噂《うわさ》の〝代ちゃん先輩〟か？　二年の。

――てか、どうやって外から？　え？　いやまぁ外から見ると、確かに教室脇にはどこも通路あるけど、その通路に出る方法がわからんのだが。なんか扉があるのはわかるが、裏側に回っても壁しかないし、なんか特別な通路とかあるヤツだよな？

――近くで見ると、まぁまぁ普通に雰囲気いい人だって気づいた。桜咲《さき》が惚《ほ》れた先輩。

――泣きボクロ見つけた。色気あった。

――というか、凄《すご》くない？　桜咲に会う為に、普通の人が使えないルートをどうにか発見してやってきたってことでしょ？

――はぁぁぁぁ……愛する女性の為に、普通の人がわからないような手段まで使って……ワタクシ、こんなにも感動したのは生まれて初めてでしてよ。

代吉《だいきち》は欠伸《あくび》をしながら校内へと戻ると、一度休憩を取って、それから再び学校からの依頼をこなし始めた。

桜咲との約束は果たした。

そう思うと、なんだか気持ちも軽くなって、心にも余裕が生まれて、普段は気にしない周囲の状況等もよく見えるようになった。

例えば今も、友だちから招待されたのか学外からやってきたらしいキラッキラの港区系女子と少し太めの男子生徒――なんだか見覚えがあると代吉が思ってよく見るとクラスメイト――が、少し言い争いになっているのも目に入ってきた。

――ぶつかって謝んないって何さまのつもり？

――そ、そっちが僕にぶつかったんじゃないか……。

——んなワケないじゃん！　そっちがアタシにぶつかった！　自分の横幅が人さまの迷惑になってる自覚ない？

——そ、それは関係ないだろう！

——あんたがそういう体なの、何か理由あんの？　あるなら、それは本人の意思ではどうしようもないことだから謝るけど？

——ぼ、僕は、ただの食べ過ぎだけど……。

——ただの自堕落……って、きゃあ！

——あ、危ない！

——なに勝手にクッションになって私のこと助けてんのよ！　助けてなんて言って——。

——君のことは気に入らないけど、体が勝手に動いたんだ。……僕のこういう体が役に立つこともある。覚えておくんだね。ふっ。

——な、なんかカッコよく見えてきたんですけど……。

なんとも異な展開であったが、しかし、代吉は妙に納得してしまった。こうした情景をすんなりと「そういうこともあるのか」と受け入れられたのは、自分自身も普通ではない経緯や状況に何度も遭遇したからだ。

人生は全て予定調和なんかではなくて、想定外のことが起きうるものだ。そういうものなのだ。

それにしても、代吉の今後はどうなるのだろうか？　まぁなんだかんだと色々あるのだろうが、しかし、きっと最後には幸せになる。

代吉が前を向けるようになったのだから――

――そうなるのだ。

エピローグ

学祭も終わり、十二月に入ってすぐのことだ。その日代吉は学校からの依頼もなく、昼休みに時間が取れたこともあって、外に食べに行くことにした。

校内にも食事処《どころ》の類《たぐい》はあるのだが、基本的に価格が高いので、代吉は時間がない時にはコンビニで買うし、そうでなければ安い定食屋……つまり、外で済ませるようにしていた。

そういうわけで、教室を出て、階段を降りる。それから昇降口へと向かった。すると、昇降口に、可愛《かわい》らしいピンクの袋を抱えた桜咲が待ち構えていた。

桜咲は代吉の前に立つと、あひる口になって嬉《うれ》しそうな顔で俯《うつむ》いた。どう見ても自分に用がある、と気づいた代吉は声をかけた。

「こんなところで何をしているんだ？」

「いつもお昼に代ちゃんに声かけようと思ってて、でも、どう声かけようかなとかって考えてるうちに、代ちゃんお外に行っちゃうから」

「お昼ご飯は基本的に外だからな俺は」

「だ、だよね！　そうかもって私も思ってた！」

「で、俺に何の用だ？」

代吉が指摘すると、桜咲はもじもじしながらも、ピンクの袋からお弁当を二つ取り出した。

「こ、これね、実は私はいつも自分のお昼ご飯はお弁当作ってきてて……」

「二つ……一人でそんなに食べるのか？」

「ち、違うよ！　いつもは一人分だよ！　そうじゃなくて、その、一緒に食べたいし、私の作ったの食べて貰《もら》いたいなって思って……今日二人分作ってきたの！」

どうやら、桜咲は代吉に手作りのお弁当を食べて欲しくて、一緒にお昼ご飯を楽しみたくて、それで頑張ったようだ。

桜咲にしろ椿《つばき》にしろ、どうしてこうも押しが強いのだろうか？

代吉は頭を抱えた。

だが、代吉も、無理に距離を取ろう等《など》という呪縛からは解き放たれているのだ。だから、素直にお弁当を受け取った。

「ありがとう」

「エビフライとかもね、がんばって揚げたの」

「偉いな」

「ふふっ……それじゃあ、中庭で一緒に食べよ。代ちゃんは赤《エケ》ちゃんだから、『あーん』もしてあげる」

「『あーん』は必要ないな」

「赤《エケ》ちゃんだから必要！　あ、あと、前に動物園で借りた服……休みの日にでも返したいから家にきてね」

「服？　あぁ……そういえば、そんなのもあったな。でも、なんで桜咲の家に取りに……学校に持ってくればいい」

「返したいから！　代ちゃんは私のおうちくるの！」

なんとも強引なやり口だが、これはこれで桜咲らしくはある。ともあれ、下手に強情に拒否しても面倒になりそうだな、と思った代吉は、『あーん』は当然のこと、桜咲の家に行く約束についても仕方なく受け入れるのであった。

ちなみに——こうした二人の様子を、少し離れた場所から椿が見ていたりする。死んだ目で口だけ笑みを浮かべているその表情は、明確に桜咲への敵意が露《あら》わになっていた。

――きー君、うちとちゅーまでしたのに……。

――ちゅーまでしたのにって言うけど、先輩が眠ってる時に勝手に椿がしたんでしょ？

そういう風に言ってなかった？

――優しそうな先輩だし、断り切れなくて……とかじゃないの？

――獲《と》られる前に自分から獲りに行かないとね椿。


かくして代吉の恋愛の行く末はどうなるのか……それは誰にもわからないことなのだ。

代吉にもわからないし、桜咲にもわからないし、椿にもわからないのだ。

今ここで結果を出すのは、まだ少し早いのである。答えを出すには、まだまだ紡《つむ》ぐ時間が短すぎるのだった。

あとがき

初めましての方は初めまして、お久しぶりの方はお久しぶりです、陸奥《みちのく》こはるです。前作から時間が経過してしまったのですが……どうかお許し頂ければと思います。

さて、今作ですが、ほんのりとですが和風テイストとなりました。男性向けの学園ラブコメで和風っぽいのは今は数が多いわけではなく少数派ではあるので、そういう意味では挑戦をさせて頂く形になっておりました。

学校に歴史があって、制服は明治の頃から変わらずという設定の他にも、例えば主人公の佐古代吉《さこだいきち》くんが元華族であったり、従妹《いとこ》の椿《つばき》ちゃんも山茶花《さざんか》家が江戸の頃からの商家の一族、だったりします。

桜咲《さき》ちゃんは普通の家庭出身とはなりますが、しかし、だからこそ代吉くんへ想《おも》いを寄せる様子はある意味で身分差の恋、という感じもあるのかなぁ……と思います。

そんな感じです、というところで関係各所への謝辞を。

まずは、新しく担当編集となったウタちゃんに。私も半分面白がって色々と振り回し続けてしまいまして、反省はしておりました次第で、本当にありがとうございます。

続いて、今作でイラストを担当して下さいました、セイル先生。素敵に仕上げて頂けまして、本当に感謝しておりました。ありがとうございます。

それから編集部の皆さま、営業広報の皆さま、印刷所の皆さま、電子書籍部門の皆さま、流通の皆さま、広報の皆さま、書店・専門店の皆々さま等、関係各位にも厚い御礼《おれい》を申し上げます。

最後に――読者の皆さまへの感謝を。お手に取って頂いて、本当にありがとうございます。

それでは、そろそろ失礼いたしますね。皆さまとまたお会いする日がくることを、心待ちにしております。

お便りはこちらまで

〒一〇二‐八一七七
ファンタジア文庫編集部気付
陸奥こはる（様）宛
セイル（様）宛

富士見ファンタジア文庫

じゃれついてくる年下《としした》な女《おんな》の子《こ》たち、俺《おれ》への好《す》きがバレバレ。

令和7年2月20日　初版発行

著者——陸奥《みちのく》こはる

発行者——山下直久
発　行——株式会社KADOKAWA
〒102-8177
東京都千代田区富士見2-13-3
0570-002-301（ナビダイヤル）
印刷所——株式会社暁印刷
製本所——本間製本株式会社

※定価はカバーに表示してあります。
●お問い合わせ
https://www.kadokawa.co.jp/（「お問い合わせ」へお進みください）
※内容によっては、お答えできない場合があります。
※サポートは日本国内のみとさせていただきます。
※Japanese text only

ISBN978-4-04-075675-2 C0193 ◇◇◇

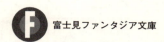

可愛い×2のハートフ
可愛がってね！
アライブ+
で
コミカライズ
！

切り拓け！キミだけの王道
ファンタジア大賞
原稿募集中！
賞金
《大賞》300万円
《金賞》50万円
《銀賞》30万円
選考委員
細音啓「キミと僕の最後の戦場、あるいは世界が始まる聖戦」
橘公司「デート・ア・ライブ」
羊太郎「ロクでなし魔術講師と禁忌教典《アカシックレコード》」
ファンタジア文庫編集長
前期締切 8月末日
後期締切 2月末日
公式サイトはこちら！ https://www.fantasiataisho.com/
イラスト／つなこ、猫鍋蒼、三嶋くろね